novel YY的劣跡
illust Gene
Dear My Thranduil
III
黑袍者伯西恩
三日月書版

真名為瑟爾，從出生時，似乎就擁有不屬於這個世界的記憶。
在一百五十年前為了守護人類，
成為唯一一個的精靈聖騎士，也因此被精靈王驅逐。
戰爭結束後，隱居在聖城伊蘭布林，過著避人耳目的生活。

黑袍魔法師
??歲
伯西恩・奧利維
任教於梵恩城內的魔法學院，
對預言系、元素系以及幻術系三種派系皆有涉略。
是薩蘭迪爾過去的旅行夥伴「預言師奧利維」的後裔，為其侄孫之一。
對薩蘭迪爾抱有莫名的執著。

光與暗之詩

DEAR MY THRANDUIL

CONTENTS

光與暗之詩
DEAR MY THRANDUIL

CHAPTER TWENTY SEVEN

黑袍法師

天還未亮，瑟爾就已經出現在廣場上。

不止他一個，廣場上還留宿著許多在戰鬥中失去家園的平民，負責照顧他們的工作人員也是一宿未眠。精靈出來的時候，法師學徒正跑來跑去，為他們準備一些必需品。

「你醒了。」阿奇看見他，就跑了過來，「我聽哈尼說你和水神大打了一架，難道不多休息一會兒嗎？」

瑟爾覺得很有趣。身邊的年輕人中，大概只有阿奇從來不會喊自己敬稱。他的態度很自然，就像在與一個同齡的朋友交流。瑟爾想，大概是因為自己第一次出現在他面前時，是那種情況吧。

想到自己曾經爬窗戶的經歷，瑟爾又問起另一個當事人。

「伯西恩呢？」

「老師還在冥想。」阿奇說，「昨天那一場戰役中，他消耗不少，大概還需要休息一陣子。」

瑟爾點了點頭。

「不過你知道他用了多少個法術嗎？二十一個，整整二十一個！」阿奇一臉驚嘆道，「要知道就算是我祖父，如今的梵恩城大法師也不過只有二十五個法術位。伯西恩老師能施展二十一個法術，說明他的法術位可能完全不下於一位大法師！他那麼年輕。」

聽到阿奇這麼說，瑟爾也想起昨天雷德帶來給他的，那個伯西恩的瞬移卷軸竟然能在沃特蘭的神域裡使用，聽起來很不可思議。

這個法師的實力，又一次超乎他的預想。

「伯西恩老師真不愧是黑袍法師呢。」

「黑袍？」瑟爾一愣，「這是什麼意思？」

「你不知道？噯，對了，建立黑袍協會的時候你還在聖城閉關。」阿奇連忙跟他解釋，「所謂的黑袍協會，是百年前一位人類法師提議建立的，只招收志同道合的法師同伴。因為協會裡的法師都喜歡身穿黑袍，所以又被稱為黑袍法師。」

瑟爾說：「聽起來像一個邪教。」

阿奇連連擺手：「不是啊！黑袍協會的入會標準要求很高的，就連一些大法師都無法成為成員，因為他們只收年輕有為的法師。而且這麼多年來，他們並沒有做過什麼壞事，當然，也沒有特意去做一些好事。」

「那為何黑袍協會會引人注意？」

「當然是因為他們實力強大。」阿奇理所當然地道，「之前，西邊有兩個小國多年戰爭、磋磨不下的時候，其中一方請了一位黑袍法師，在最後為他們扳回了局面。還有啊，現在很多大陸強國都會雇用黑袍法師作為宮廷顧問。職業協會頒布的百強職業者名單中，黑袍法師們就占據了三十四席呢。」

瑟爾明白了，「要怎麼加入黑袍協會？」

「這我就不清楚了，但是加入黑袍協會的法師都會穿特別的黑色法師袍，就像伯西恩老師身上的那件。」

瑟爾點了點頭：「一個特殊化但目的不明的菁英組織。」

阿奇說：「我們學院裡有很多學生都是以進入黑袍協會為奮鬥宗旨。伯西恩老師因為是黑袍，在學院裡不知道有多受學生歡迎。」

「謝謝你的讚譽。」一個清冷的聲音從他們身後傳來，「但我記得學院裡還有不少人討厭我，並稱呼我為『魔鬼伯西恩』。阿奇，你好像也是其中之一。」

「伯、伯西恩老師！」阿奇轉身，看見正向他們走來的黑袍法師，「那什麼，我還有事，你們慢慢聊啊。」

「別急著走。」伯西恩道，「剛才我收到貝利大法師的信。他允許你在外歷練，但是要求你要繼續上課，所以等等到我房間來。」

「為什麼啊？」阿奇慘叫道，「我不是『行蹤不明』、『離家出走』中嗎？爺爺為什麼會知道我和你在一起？」

「不告訴他你在哪裡，他會放心？」

「那你還收走爺爺給我的護身符。」阿奇委屈。

伯西恩把東西照原樣扔給他：「拿去。現在一切都結束了，你可以直接和貝利法師聯繫了。」

原來伯西恩老師收走自己的護身符，是怕自己偷偷向爺爺洩密。他怎麼知道這個護身符上還有一個傳訊法陣？

他看向對方，黑袍法師的黑色眼睛像是深不見底的溝壑。

阿奇不敢想太多，連忙告辭。

「一切都已經結束？」瑟爾不贊同他的說法，銀色的眼睛看向法師，「你是這樣認為的嗎？」

「對於大部分的人來說是如此。」伯西恩說，「聽說你沒有找到奧利維。」

瑟爾默不作聲。

「你沒有向以利求問？」

「以利可不是隨叫隨到的召喚獸！」瑟爾煩躁地道，「你以為我能隨時隨地聯繫他嗎？」

精靈的聲音重了一些，法師的黑色眼睛也冷了下來。

很快，瑟爾就意識到自己有些遷怒於人。沒有找到奧利維讓他的心情一直難以平復，但這和伯西恩無關，他不該向別人發火。更何況對方前幾天還耗費頗多，為他守下了白薔薇城。

一百多年來，瑟爾難得有些懊惱，然而，他想不到該如何挽回自己說出口的話。

就在這時，他聽見伯西恩嘲諷的聲音。

「我還以為奧利維是單相思，看來你們倒是兩情相悅。」

瑟爾的銀眸中夾雜著怒氣，「你說什麼？」他上前就抓著法師的衣領，「誰准許你隨意臆想我和奧利維的關係！」

精靈輕柔的氣息傾吐在自己臉上，法師卻覺得胸口有一團熱火，讓他忍不住出口傷人：「你這麼急切地關心他的下落，難道不是因為你在意他？等你歷盡艱險，真的找到了奧利維，還忍心拒絕他嗎？怎麼，惱羞成怒了？」

「你！」瑟爾的眼中噴著怒氣，但令他不解的是，出口傷人的伯西恩好像才是被傷到的那一個。

「咳咳，看來我們來的不是時候。」

就在法師和精靈快打起來的時候，有人適時打斷了他們。

「為什麼你們總要打架？」德魯伊道，「感情好也不是這樣表現的。」

「誰和他感情好了！」

一人一精靈同時吼回去，又同時愣了一下。因為半精靈們和獸人德魯伊正圍成一個圈，將他們圍住了，他們竟然都沒注意到。

「蒙特。」瑟爾放開手，看向半精靈的首領，終於想起了一件事，「你為什麼會在這裡？」

蒙特用一副「謝天謝地，你總算想起來了」的表情看著他。

「親愛的薩蘭迪爾閣下，這得問你那個冷漠傲慢又總愛氣人的弟弟了。」半精靈說。

「艾斯特斯？」瑟爾想起了脫隊好久的西方樹海現王儲。說實話，來到白薔薇城後發生了太多意外，他已經好久沒想起這個名義上的弟弟了，「他做了什麼？」

「他？」蒙特冷笑道，「他可幹了一件好事。他抓走了我們可愛的特蕾休，綁走了我們半精靈最受歡迎的『珍寶』！」

瑟爾不敢置信：「特蕾休？但艾斯特斯根本沒見過她。」

「誰知道那個傲慢的王子在發什麼瘋呢。突然進來喊著──『我絕對不相信獸人混血的半精靈』，就把特蕾休抓走了。我們找不到他，只能來找你了。」

正在看好戲的獸人德魯伊突然僵了僵。

「你們說的精靈，是不是和薩蘭迪爾閣下一樣是銀髮，但是眼睛是翠藍色的？」

精靈和半精靈齊齊看向他，「你認識？」

德魯伊的臉色難看。

「他抓走的那個獸人混血，是一個銀黑色毛髮、有點發育不良的半精靈？」

蒙特說：「雖然特蕾休現在已經不再毛茸茸，也不乾巴巴了，但是你說得沒錯，她以前就是那樣。」

「那是我的女兒！」德魯伊突然像發瘋了一樣吼道，「那個可惡、偏執的精靈小鬼，我當時就不該救他一命！」

突然發生的意外和烏龍，讓瑟爾又不得不在白薔薇城待了幾天。他和蒙特以及獸人德魯伊（「抱歉一直忘了介紹，」獸人說，「你們可以叫我布利安。」）商議之下，決定讓大部分半精靈回風起城，然後由瑟爾帶著蒙特及布利安，去尋找拐走特蕾休的艾斯特斯。同時，瑟爾也要繼續尋找奧利維的下落。

這樣決定之後，便是分別在即。迪雷爾依舊昏睡不醒，聖騎士們決定將牠帶回聖城治療。與此同時，既然已經完成了找回紅龍迪雷爾的使命，他們也要回去覆命了。都伊聖騎士們並不是瑟爾真的下屬，瑟爾也不想干涉他們的行動。

艾迪和阿奇告別的時候戀戀不捨：「不知道我這輩子還有沒有機會再去梵恩城，但是你可以來聖城找我。」

阿奇笑了笑，「相信我們很快就會再見面的。」

在一旁的哈尼也說：「等我完成了維多利安老師的訓練，我也想去聖騎士試煉會歷練一番！」

艾迪看向這個命運多舛的少年，「聽說你拒絕了維多利安的邀請，沒有成為薔薇騎士團的下任主人？」

「既然知道那只是一場布局，又怎麼能當真呢？」哈尼說，「而且我也根本不想成為任何人的主人。」

「哼，那當然，因為你已經是我的僕人了。」紅龍少年鼻孔朝天道。

「我也沒想到我交到的第一個朋友，會是一頭偉大的巨龍。」哈尼笑道，「看來我的運氣也不算太糟呢。」

雷德忍不住揚起嘴角，和聖騎士們跨上馬匹。

「早點變強，然後你可以來龍島找我！」

「再見雷德！我會想你的！」

瑟爾站在不遠處看著年輕人們道別的場景，銀眸微微蕩漾。

「想起往事了？」伯西恩在他身後道，「想起一百多年前，你和伙伴們也是這樣經歷一次次的相聚和離別，在大陸上歷險？不過，現在就像個老人一樣回憶過去未免太早了，精靈，一切都還沒結束。」

說已經結束的是你，說還沒結束的也是你。瑟爾煩躁地想，這個法師怎麼這麼煩人？不過，他知道伯西恩說的是事實。

讓沃特蘭變得不顧一切，讓赫菲斯變成那副模樣的真相是什麼？這些和以利有什麼關係？以沃特蘭的能力，加上一個幾乎不能發揮作用的赫菲斯，他們是怎麼把迪雷爾綁走的？還有，是誰教會了沃特蘭生命祭祀這個法術？

生命祭祀的存在本身雖然並不是一個祕密，法師和教會都有所耳聞，但是真正知道施法步驟以及正確的法陣繪製方法的，卻沒有半個人。

是誰教給了沃特蘭這些？那個幕後的人，或者說——神明，祂又想做些什麼？

這些問題繁瑣又複雜，瑟爾一個人根本無法解決。即便不願意，瑟爾也知道他現階段唯一能求助的人只有實力不錯又博學的伯西恩，他只是不想承認這個現實。

於是瑟爾轉身走了，留給身後的法師一個背影。

然而第二天，蒙特卻來告訴他：「那個法師把那個法師學徒帶走了！」

光與暗之詩

DEAR MY THRANDUIL

CHAPTER TWENTY EIGHT

行走

回到梵恩城的時候，阿奇還有些莫名其妙。

「伯西恩老師，為什麼我們要這麼急著趕回來？」

法師學徒看向走在前頭，腳步匆匆的黑袍法師。

「不是還要繼續幫薩蘭迪爾找人嗎？那個奧利維……」阿奇的聲音戛然而止，因為他看到走在前面的法師停下了腳步，那雙黑色的眸子沉沉望過來，氣氛沉重。

就在他以為對方會說些什麼的時候，法師又收回視線，繼續向前走去。

兩人臨分別時，阿奇在學院門口看到了自己的祖父。貝利大法師似乎早就在那裡等著了，伯西恩朝他走去。

兩位實力強大，年紀相差懸殊的法師開始交談。

隔著大老遠，阿奇聽不見他們在說什麼，只看見祖父的神情是輕鬆愉快的，而伯西恩老師，即便沒有看到他的正臉，阿奇也能感覺到——黑袍法師心情並不好。

†††

白薔薇城的早晨，帶著大戰過後的復興氣息。蒙特坐在窗邊望著樓下來來往往的人群，有人抬頭看見他，就會興奮地對他揮著手，熱情洋溢，蒙特也熱情地揮手示意。

「看到沒有？」

「我還是第一次這麼受歡迎呢。」半精靈說，「走在街上，這裡每一個人都搶著和我打招呼，好像我是什麼大人物。」

他見身後沒有回應，就回頭看去。瑟爾正坐在椅子上，左手放著弓，右手放著長劍，目光投向前方，不知在想什麼。

這個狀態的精靈可不多見，蒙特對旁邊的半獸人德魯伊布利安問道：「他這是在發呆？」

布利安正擔心女兒，聞言沒好氣道：「你看不出來嗎？」

「噯！德魯伊，你女兒可不是我拐走的，別把氣出在我身上。再說，我們比你更擔心特蕾休！」蒙特說。

德魯伊哼哼兩聲，不說話了。半精靈又看向發呆中的瑟爾。

「那個法師走就走了，他有他的事，我們有我們的事，只是一個早晚要分道揚鑣的人而已，你不應該是這麼介懷的性格！」

瑟爾看了他一眼。他沒有告訴半精靈，自己不僅僅是因為伯西恩的不告而別而鬱悶，而是嗅到了一絲不一樣的氣息。

伯西恩走得毫無預兆。法師幫了自己這麼多忙，甚至沒有從自己這裡得到任何報酬就這樣離開了，這根本不符合法師的性格。他走得太著急，好像有什麼不為人知的理由讓他不得不離開。而這個理由，還是在他那晚與瑟爾交談過後突然發生的。

瑟爾覺得很不對勁。

然而，正如蒙特所說，他永遠無法搞清楚一個已經離開的人在想什麼。

「出發吧。」

精靈揹起短弓，收起長劍，起身推門而出，半精靈和德魯伊緊跟在他身後。然而剛到樓下，他們就遇到了在大廳等候已久的幾人。

「薩蘭迪爾閣下。」維多利安和薔薇騎士團們走上前來。

這位代團長向精靈深深鞠了一躬，道：「請允許我們為您送行。」

瑟爾剛想說不必，維多利安已經開口了：「你想必還不知道，城內的百姓知道您要離開，現在都聚集在城門。恕我直言，幾位恐怕無法獨自離開白薔薇城。」

蒙特想起了這幾天受到的熱情待遇，忍不住摸了摸手臂。最終，精靈、半精靈和獸人接受了薔薇騎士團的護送請求。

然而，瑟爾很快就後悔了。

這簡直太招搖了！由身穿銀甲、刻著薔薇花紋的騎士們護送，遠比瑟爾他們自己出門更引人耳目。整個城裡的人都被吸引了過來，他們圍著騎士團護送的隊伍，不斷撒著花瓣。視力好的半精靈甚至還看到有好幾個女孩在看到他們後，尖叫著暈了過去。

他不由得看向身邊的精靈。

「你以前和你的伙伴們外出的時候，每一次都是這個陣仗嗎？」

瑟爾沉默了一瞬，說：「白薔薇城是特殊的。」

白薔薇城是特殊的，瑟爾帶著他的同伴一次又一次地拯救了這裡，這裡的百姓對精靈自然有著難以言喻的感激。然而，一百五十多年前正是退魔戰爭時期，人心惶惶，人們更是為了生存而奔波。瑟爾他們每次出行的時候，別說是歡送的人群了，連一個人影都看不到，他們只與死亡和戰爭相伴。在今天之前，對於這座城市，瑟爾銘記更多的是痛苦。

蒙特看懂了精靈的神色，伸出手，拍了拍瑟爾的肩膀。

「至少現在，他們為你歡呼。」

薩蘭迪爾離開了白薔薇城，然而關於他的傳說卻以白薔薇城為中心，在整個大陸蔓延開來。在沉寂了一百五十年之後，這個當年震撼了世界的精靈，又出現在世人眼前。

吟遊詩人們為他編起新的歌謠，關於他的討論，也是一波又一波連綿不絕。

大陸西北方，洛克城，這是一座位於人類王國和矮人王國交界處的自由城邦。因為靠近矮人王國，這裡盛行礦石和武器貿易，又因為靠近人類王國，是一個四不管邊境，也很盛行奴隸買賣。

「除了他們自己，人類沒有什麼不賣。」其他種族嘲諷道。

「不。如果價錢合適，我自己也可以賣。」人類商人這麼回應。

雖然有著被人唾棄的奴隸買賣，但是洛克城的管理卻十分嚴明，畢竟在這裡的每個商人，都不希望自己的「合法財產」輕易被強盜和小偷奪走。

是的，在這裡，奴隸買賣也是合法的。

洛克城，最無序的貿易之城，也是最有秩序的城市。

今晚，洛克城的大街小巷裡都在流傳著一個相同的故事，然而，在這家酒館裡，故事卻有些不一樣。

「那孤獨的人，徜徉於蔓草，那疲倦的風，漂流於空中；露出月色的眼眸，露出深淵的軀體；像是塵埃，像是灰燼；它落在地上，無聲無息。」

吟遊詩人歌唱完了，酒館裡有人不滿地叫道：「這是什麼敗壞興致的歌？嘿，吟遊詩人，現在其他人都在歌頌薩蘭迪爾的英勇事蹟，你唱的這是什麼！」

「我唱的，也是薩蘭迪爾的故事。」

吟遊詩人放下豎琴，在昏暗的酒館燈火下，他淺藍色的長髮就像流動的水光；他的眼睛翠綠，猶如最美的綠寶石。

那醉鬼不解道：「你唱的是什麼大英雄？明明就是一個一無所有，被孤獨打敗的膽小鬼！」

吟遊詩人不再理會醉鬼，揹起豎琴便欲離開。

「你給我回來！」

醉鬼仗著酒意，想要鬧事，但在他衝到吟遊詩人面前之前，就被人伸腳絆倒了。

絆倒他的人戴著一頂兜帽，開口道：「巡邏隊就在門外，你確定要鬧事？」

被夜巡的洛克城巡邏隊抓到，那可會吃不了兜著走。喝醉躺倒在地的醉鬼還有幾分理智，罵罵咧咧了幾句，便回到自己的座位去。

吟遊詩人看了救下自己的陌生人一眼，在看到相似的翠綠色眼睛時，步伐停了一停，然後當作沒看見似的往前走。

「喂喂。」那個兜帽人從後面追上來，「我救了你一回，你都不感謝我？」

吟遊詩人充耳不聞。

「算了，就算我多管閒事。不過，難得在這麼遠的地方遇到同胞，你也不想和我聊一聊？」

吟遊詩人停下步伐，「我沒有同胞，更何況是骯髒的半精靈。」

兜帽人眼色一變，「你再說一次試試！」

兩人之間的氣氛劍拔弩張，叮鈴一聲，酒館木門上的風鈴再次被人推響。

「走了，蒙特。」夜色裡傳來清脆悅耳的聲音。

就這一句話，使吟遊詩人的目光緊緊盯著他。

「你……」他咬緊牙齒，緊盯著這個新進來的人。

對方的面容同樣隱藏在兜帽之下，詩人炙熱的目光卻像要把兜帽燒穿了。

「走了，蒙特、瑟爾！」

門再一次被人推開，只不過這一次開門的人蠻力太大，被推開的門扉往前用力一撞，砰！

瑟爾和蒙特都及時躲開了，然而——他們齊齊看著倒地不起的吟遊詩人，又把目光轉向德魯伊。

獸人捏了捏自己的爪子，笑道：「噯，意外意外。」

吟遊詩人再次醒來時，看到的是頭頂的月色。他用了好一會兒才讓自己被撞暈的大腦恢復神智，就看到了坐在一旁的奇怪三人組。

一個精靈、一個半精靈還有一個獸人，他們坐在一起，意外地和諧。

「沒想到高貴強大的薩蘭迪爾，竟然也會與這兩個骯髒的種族走在一起。」

瑟爾正在與同伴整理最新獲得的消息，突然聽到這一個聲音。

他回頭，看到吟遊詩人正對自己微笑，眼底卻是一片冷漠。瑟爾最不願意接觸的，就是用笑容來掩飾自己真實情緒的人，眼前的這個吟遊詩人就是如此。

然而，更過分的是他說話夾槍帶棒，偏偏臉上還要故意掛起笑容，就像在挑釁和嘲諷。這模樣讓瑟爾想起了那個黑袍法師，於是他更不愉快了。

「如果這麼不滿的話，你笑給誰看？」

瑟爾這麼說出口後，發現吟遊詩人的臉色變了，像是受到驚嚇一樣臉色慘白。

「我笑了？」詩人自問，然後神經質地不斷重複，「不，不，不可能！」

蒙特看他那樣子，就像瘋了一樣。

「完了，你把人撞傻了，布利安。」他對德魯伊道，「你把他腦子撞壞了。」

看起來老實，其實有點壞的德魯伊說：「萬一他的腦子本來就是壞的呢？」

「你說的有道理。喂，瑟爾，既然這傢伙是個傻子，我們就別管他了。」半精靈招呼道，「我們找了大半個月才把線索彙聚在這裡，明天進不了內城，你打算怎麼辦？」

瑟爾沉思著。他們一路收集著艾斯特斯的線索跟蹤到這裡。艾斯特斯在拐走特蕾休之後，不知為何就一直往西走，眼看就要走到靠近西方樹海的邊境地區了，卻又轉向朝洛克城這裡來。之後，他們就沒有了消息。

至於奧利維，瑟爾十分想儘快找到他，但是苦於沒有線索。唯一一個不下於奧利維的預言系法師也在白薔薇城不告而別了，瑟爾只能寄希望於趕快找到艾斯特斯，因為在精靈王儲身上有一件特殊的物品，或許可以幫助瑟爾找到故友。

「你們要進內城？」

聽見他們的對話，原本在一旁不斷重複「不可能」的吟遊詩人抬起頭來。

瑟爾注意到了他翠綠色的眼睛，還有他那雙和人類毫無二樣的耳朵。喔，精靈心想，這是一個比半精靈還要罕見的——四分之一混血。

因為某種原因，半精靈們大多無法生育後代，而半精靈和人類能生下後代就更罕見了。這其中一定有什麼內情，或許，這可以解釋為什麼這個吟遊詩人一看到蒙特，就像發了瘋的獵犬一樣隨意咬人。

而吟遊詩人和蒙特口中的內城，並不是指一般的內城。

洛克城和所有其他城市一樣有內外城之分，外城是平民、外來者的聚集地，內城則聚集了這座城市所有的權力和財富。而洛克城由於是自由城邦，更為特殊的一點是在內城之內還有一座小城堡——城主府，這座城市最高權力掌控者的所在地。同樣，這座城主府管理得更加嚴格，除了受到城主府邀請的人，沒有任何人能夠擅自進出。

吟遊詩人問了這句話後，瑟爾並沒有馬上回答。

吟遊詩人道：「三天之後，城主府內將召開一場宴會，城主府管家將召集城內所有優秀的表演家進行演出，我也是受邀者之一。」

瑟爾與同伴們對視一眼，他們都明白了吟遊詩人話語中未盡的意思。

「你有什麼條件？」瑟爾直接問。

「我的條件……」吟遊詩人的目光在精靈身上掃過。

「我警告你。」蒙特威脅他，「不要提什麼不合理的條件。你以為沒有你，我們就不能進去了嗎？」

吟遊詩人原本想要說什麼，似乎又改了主意。他看向瑟爾。

「我聽說西方樹海並不喜歡半精靈。」

瑟爾明白他想要說什麼，說：「沒有人，必須為他的出生遭受歧視。」

吟遊詩人哈哈大笑起來。

「真是高尚的說法！多麼博愛、仁慈，又天真到可笑！」即便如此憤怒，吟遊詩人臉上仍掛著笑意，恐怕連他自己都沒注意到，「但是有的人生來就是帶著罪孽，是無法洗清的！」

他的面孔扭曲著。

瑟爾見過這種人，在他上一個生命週期，在一百五十年前，在現在，見過無數次。他知道他永遠無法輕易說服這些走進偏執之中的人，除非他們自己想通。

精靈說：「隨你吧。」

吟遊詩人愣了一下，然後目光在瑟爾完美的臉龐上下打量。須臾，他開口：「我想好條件了。」

他故意放慢聲音，一邊說話一邊觀察著精靈，似乎在等待他會有怎麼樣的反應，

「在城主府的宴會上，我還缺一個女伴。」

在場沒有人是笨蛋。蒙特愣了一會兒，捧著肚子哈哈大笑起來。

「他這是什麼意思？他想要瑟爾做他的女伴嗎？請告訴我是我聽錯了。」

「你沒有聽錯。」布利安道，「或許我們可以把這個消息告訴法師。」

蒙特莫名其妙，問：「這關他什麼事？」

德魯伊看了半精靈一會兒，又看了一眼瑟爾，搖頭嘆了口氣。或許，精靈血統的傢伙們天生就少了一根筋。他想。

「可以。」

在兩個同伴調笑打趣的時候，瑟爾幾乎沒怎麼猶豫就答應了吟遊詩人的要求。這倒讓提出要求的人自己吃了一驚。

「你根本不了解這個傢伙。」蒙特看著對方，道，「對於瑟爾來說，扮女裝根本不是什麼違背原則的問題。嗯，你適應得這麼快，難不成以前有過經驗？」他看向精靈。

瑟爾閉口不答。然而有時候沉默，卻是一種回答。

†††

「我覺得這條素色長裙更適合他的氣質。」

「顏色有一點太素雅了，南妮。」

精靈坐在一旁，聽著團隊裡的法師和騎士互相爭吵——為了讓他穿什麼款式的裙子。

「夠了，奧利維、南妮，這只是一次任務，沒必要那麼認真挑選。」他終於忍不住了。

「很有必要。」南妮看向他，「你要假扮的是一位淑女，淑女怎麼可以不講究衣著品味呢？」

「的確。」奧利維也說，「瑟爾。你的目標是一位王子，至少你必須表現得像一位公主。」

南妮笑著上前摟住精靈的肩膀：「我們瑟爾可比任何人類公主還光彩奪目。」

「謝謝。」精靈不帶感情地道，「我就當是讚美。」

當精靈換好衣服、綁好髮型出來時，小隊裡的所有同伴都張著下巴。

「天啊，瑟爾，你簡直是——」

「簡直是賽娜絲下凡！」

蒙特看著打扮好的精靈，合不攏嘴。半精靈在風起城見過不少各有風姿的混血美人，卻從來沒有像現在這一刻體會到美的真正含義。

站在他身前的女子，宛如月女神賽娜斯用月光和晚風所雕塑。她淺銀色的長髮在耳邊挽起並高束於腦後，露出潔白如玉的耳垂和纖細修長的脖頸，裸露在外的細膩皮膚好似被月光照耀的冰雪，發著淡淡光輝。尤其這位冰山美人的眉宇間總是蘊藏著一絲不耐和憂愁，令人不由得想要為她輕撫眉頭，消滅她的煩惱。

德魯伊布利安看了一眼，不甚有興趣道：「沒有我老婆好看。」

蒙特忍不住白了他們一眼，又有些擔心地看向瑟爾。

「你打扮成這個樣子去參加城主府的晚會，我怕還沒能接近目標，就已經被豺狼瓜分了。」

瑟爾將腿往椅子上一抬，摸出一把匕首，銀色的眼睛微微瞇起。

「那正合我意。」

這時候，敲門聲響起。

「那小子來了。」蒙特說著便上前開門，果然看見正裝打扮的吟遊詩人正站在門口。

「按照規定，我前來帶、帶……」吟遊詩人的眼睛瞪大，看向在蒙特身後的精靈，像是一下子失去了語言功能，結結巴巴、說不出半句話來。

「很好。」蒙特很滿意，隨即牽起瑟爾的手，放到吟遊詩人的掌心。

「今晚一定會很順利。」

†††

夜晚，洛克城最中心的城堡外，來自各個種族的權貴聚集在此。馬車在門口彙聚成長龍，猶如閃亮的寶石點綴在城堡之上。

一個身材高瘦的法師站在城堡最高的塔樓內，望著腳下那如螞蟻般大小的華貴馬車。那些馬車載著欲望與權力，輪滾過鮮血與枯骨，進進出出。

「宴會將要開始了。」在他身後，城堡的主人笑著開口，「奧利維法師不去瞧一瞧嗎？這可是我為您精心準備的歡迎宴。」

聞言，塔樓窗前的法師轉過身。

月光照亮他的黑眸，也照亮他黑色的法袍。

光與暗之詩

DEAR MY THRANDUIL

CHAPTER TWENTY NINE

故土

『伯西恩。』老法師的聲音穿透閣樓中飄散的灰塵，『你知道你該做什麼。』

回音一遍遍重複。

『伯西恩。』

『伯西恩．奧利維……』

「奧利維法師。」

城主舉起盛滿紅酒的杯子，在黑袍法師面前晃了一晃。

「怎麼了？您似乎有些心不在焉。難道是回到久違的故土，睹物思人了？」

法師收回視線，看著面前一縷鬍鬚編成小辮子的中年男子——洛克城城主。

外界謠傳他有四分之一的矮人血統，所以有些地方也有那麼一點像矮人。比如他的身高，比如他熱愛財寶的程度，還比如他的眼神。他盯著一個人看時，總像在盯著一顆尚未開發的原石，好像要評估出這塊石頭的每一個用處和每一種成分才甘休。

伯西恩並不介意被這樣的目光打量，他舉起自己面前的紅酒杯。

「可我不記得這裡是我的故土。」

「哦？哈哈哈哈。」城主的眼睛裡閃過狡黠，「那一定是我記錯了。來，敬您一杯，接下來的演出可以大飽眼福了。今晚來到我這場宴會上的，都是城內最優秀的表演家，當然啦，還有最迷人的美人。喔，天啊，看看那一位。」

城主說著說著，聲音變得迷離起來。

「我從沒有見過那樣的美人，她是如此纖細高挑，好像一棵亭亭玉立的月柳。」

那可真棒。伯西恩心想，那你站在她旁邊，就是一顆完美的矮樹墩。

「喔，她的皮膚白皙如雪，她的紅唇嬌豔似火。」

皮膚太白而唇色過紅，也許是得了某種疾病。法師們的人類生理研究課上，至少有幾十種這樣的案例。

「她的雙眼熠熠生輝，簡直要融化我的心，我從來沒有見過這麼美麗的一雙銀色眼睛！」

銀色的眼睛？法師的腦海中閃過一個人影。

「還有她那美麗的銀色長髮。」

——等等！

法師突然放下酒杯，「城主大人，你說的那位美人在哪裡？」

洛克城城主聞言望來，露出一個你我皆懂的深意笑容。

「原來奧利維法師也喜歡這類型的美人，那君子不奪人所好，你看，就是在第二根立柱那裡的美人——」

伯西恩將視線移過去後，差點砸了桌上的酒杯。

「我去去就回。」

黑袍法師掀起法袍，急匆匆地下了樓。

洛克城城主遺憾地看著他的背影，「為什麼要這麼著急？美人們可不喜歡粗魯的男人。」

美人是否不喜歡粗魯的男人尚不可知，但是至少，瑟爾不喜歡突然出現在他面前的這個男人。

他扮成女裝，以吟遊詩人女伴的身分進入晚宴。本打算遊走在宴會之中、收集情報，卻被一批又一批聞著味道衝上來的雄性生物擋住了。正當瑟爾忍不住額角的青筋，想要做些手腳時——

「我是否有這個榮幸，請你跳一支舞？」

瑟爾本想拒絕，卻在看見伸出手的人的面容時，頓了一下。

他看著伯西恩。黑袍法師似乎是宴會的重要嘉賓，很是體面，然而就是這個體面的人物，在半個月前不辭而別。

「如果我說不呢？」美人銀色的眼睛裡有微微的怒氣。

「那我只好再邀請一次。」伯西恩看著他，那雙黑色的眼眸完全無法猜透情緒，「又或許，你希望繼續像一塊可口的肥肉，被一群蒼蠅團團包圍著。」

「喔，太無禮了。」

周圍的紳士們剛想怒喝這個不速之客，瑟爾卻已經開口了。

「好。」瑟爾將手放到法師的掌心裡，「那就跳吧。」

全場最引人矚目的大美人終於名花有主了！紳士們羨慕著、嘆息著，卻不知被他們羨慕的伯西恩，處境完全不像他們所豔羨的那樣。

「你差點踩到我的腳。」法師蹙眉，「說真的，看到你這副扮相，我就疑惑你為什麼不把高跟鞋也穿上？那樣才敬業，不是嗎？」

「那樣我就比你高一顆頭了，如果你不嫌滑稽的話，法師先生。」瑟爾皮笑肉不笑地道。

他們身高本來就差不多，瑟爾要是穿上高跟鞋，那伯西恩只能到他的鼻頭。

法師冷嘲道：「現在也很古怪。」

「或許問題是出在我根本不該跳女步。」瑟爾突然把手放到伯西恩腰上，將人勾到自己懷裡，「現在，我跳男步，你跳女步。」

「等等，你！」

瑟爾根本沒有給他等的機會。在眾人詫異的目光中，大美人摟著英俊的法師，兩人竟然交換了男女舞步跳起來，還顯得意外地和諧。

城主在貴賓席上哈哈大笑。

「看看，我們的法師大人被美人摟著下腰也很有意思呢！」

又一次被瑟爾擺出一個高難度的下腰動作後，伯西恩忍無可忍。

「你到底在幹什麼？」他壓低聲音，「你知不知道現在全大陸都盯著你，竟然敢用這副打扮闖進來？」

「那你又在幹什麼？」瑟爾摟著他的腰，將嘴唇湊到法師耳根，那輕軟的呼吸噴薄而來，「你不是有急事走了嗎？怎麼，所以你的急事就是在這裡紙醉金迷，受人吹捧？」

伯西恩蒼白的臉瞬間紅了起來，猛地推開瑟爾。

精靈莫名其妙地看著滿臉通紅的法師。就算他說中了，也不該如此惱羞成怒吧？

「我警告你。」法師像是克制著什麼，壓低聲音道，「洛克城的情況比白薔薇城更加複雜，不要淌這場渾水。」

瑟爾挑起眉：「難道這裡有令我畏懼的東西？」

「有。」法師平復了呼吸，黑色的眼睛望著對方，「好比白薔薇城外的那一塊墓地。」

瑟爾的臉色瞬間變了，他像被人戳到逆鱗的巨龍，眼睛裡醞釀起憤怒的颶風。

法師知道他最關心的是什麼，也知道自己已經達到目的了。他離開前說：「而這一次我不會站在你這邊。」

匡啷一聲，所有人都看見那個黑袍法師不知說了什麼話、惹怒了美人，氣得美人對他打碎了一個杯盞。

「喔，真可惜。看來你們不歡而散了。」洛克城城主看著走回來的人遺憾道。

伯西恩擦了擦身上未乾的酒液，看著食指上的一點紅色液體，看起來就像某人塗的紅色唇膏。他沒有說話，卻輕輕把那點液體放入口中含吮。

城主大人目瞪口呆地看著這一幕。

「並不是好酒。」法師冷冷道，擦乾手指。

蒙特和布利安安靜地在據點等待消息，可沒想到等來的卻是怒氣沖沖的瑟爾。

「我發誓，如果再讓我看到他，」精靈的瞳孔中風雲變幻，「我一定要打斷他那高傲的鼻子。」

「怎麼回事？」蒙特看向吟遊詩人，「他這是被人調戲了？」

「事實上，我只看到一位紳士向他邀舞，然後他們不歡而散。」吟遊詩人有些幸災樂禍地道。

「紳士？」瑟爾冷哼，「這個詞最近真是越來越沒有條件了。」

他深吸了一口氣，看向自己的兩個同伴。

「我遇到了伯西恩，他向我邀舞。」

「喔。」德魯伊說，「然後他摸了你的屁股？」

一聲脆響，精靈掌下的桌板被捏成粉末。

「我的意思是說。」布利安摸了摸自己突然豎起的毛髮，「這和你回來發這麼大的火有什麼關係嗎？」

瑟爾冷靜了一會兒，跟他們說了在晚宴上發生的事情。

「這麼說，法師是受城主邀請的貴客，他又警告你不要干涉洛克城的事務，看來我們的城主大人是在準備一場好戲啊。」半精靈蒙特稍微想了想，就將思緒理清。

這時候，一直在旁邊假裝不存在的吟遊詩人開口：「你們說的伯西恩，是那個伯西恩・奧利維？」

另外三個齊齊看向他。

吟遊詩人順了順水藍色長髮，說：「奧利維這個姓氏在洛克城可是大家族。你不知道？」

他們又齊齊看向瑟爾。

「是的，我不知道。」瑟爾承認，「畢竟奧利維從來沒跟我提過他的家事……」他頓了一會兒，加道，「無論哪一個奧利維。」

「喔，那這就有趣了。」吟遊詩人說，「畢竟在本地，奧利維家族的醜聞可是無人不知，無人不曉。」

瑟爾雖然提前回來了，但是宴會並沒有結束。當晚宴進行到最後時，洛克城城主走到宴會廳的最中心。

「女士們、先生們。」身高矮又梳著辮子鬍鬚的城主，用那宏亮的嗓門道：「今天，我們邀請到了一位十分出色的年輕法師！他不僅是威名赫赫的黑袍協會的一員，也是我們洛克城的驕傲。有請奧利維法師！」

他往側邊一讓，穿著黑袍的法師身影便顯露在眾人眼前，臺下一片議論聲。

城主滿意地掃了一眼，繼續道：「我今天會向各位介紹他，也是因為奧利維法師接受我們的邀請，接下了一個鄭重的使命。」

與此同時，小屋裡，吟遊詩人冷笑著說：「尤其是這個伯西恩·奧利維，他這次可是作為『奴隸交易』的保護者登臺亮相呢。」

「奧利維法師將在十日後，擔任洛克城拍賣會的守護法師！他將竭盡全力保護你們的財產和人身安全。歡呼吧，先生們！那些陰溝裡的蛆蟲如果膽敢襲擊拍賣會，等待他們的就只有死亡！」城主興奮得唾沫橫飛，「您說是嗎，奧利維法師？」

黑袍法師一一掃過臺下的人群，清冷地開口：「是的，城主大人。」

奧利維家族以誕生「預言系法師」出名。

比起其他類別的法師，預言系顯得神祕許多。探知未來、感應過去，甚至是改變命運，向來被認為是神明才能踏足的領域，而預言系的法師們卻能踏進這個神祕的領域。因此，很多預言系法師家族都對外宣傳，他們擁有神的血脈。

奧利維家族也是如此。

然而，醜聞也因此誕生。為了保護自己所謂神血的純粹性，奧利維家族數百年以來一直是近親生育，兄妹、姊弟，甚至是父女、母子，這個家族的人為了維護他們的血統已經陷入瘋狂。

彷彿為了懲罰他們一般，奧利維家族中有預言天賦的子嗣越來越少。

「到了五十年前，他們家再沒有誕生過擁有預言師天賦的子嗣。所以，奧利維家族的主人開始試著和外族通婚。」

小屋內，吟遊詩人如數家珍般地，向瑟爾他們講述這個家族的祕辛。

「他們想要試試融合新的血脈後，是否能夠重新啟動子嗣預言的天賦。所以，矮人、半精靈甚至是獸人，都在他們通婚的範圍內。他們將自己的子女送去和這些種族交配，然後將誕生的子嗣帶回家族，一個個檢測是否有天賦。」

蒙特露出想要嘔吐的表情。

「所以伯西恩·奧利維也是這批試驗品之一？他是失敗的還是成功的？」

「他是失敗品。」吟遊詩人說，「他生下來的時候雖然有出色的法師天賦，但是絲毫沒有預言的天賦。所以他的父親很快拋棄了他，與別的女人繼續生產子嗣。」

布利安皺眉道：「但是，我記得他現在已經是一名出色的預言系法師。」

「那就是他自己的本事了。也許這世上還是有少數的天之驕子，能夠後天獲得預言系的天賦，誰知道呢？」吟遊詩人不怎麼感興趣地道。

「不過奧利維家族也沒怎麼虧待他，畢竟他的父母都是體面人物，他本身也有不錯的天賦。然而這一切，都在他父親生下一個有預言師天賦的子嗣之後改變了。奧利維，我是說伯西恩法師的父親，對外宣稱這個有預言天賦的子嗣才是他唯一的兒子。他把他的那些私生子還有長子奧利維，都當成失敗品拋棄。」吟遊詩人露出一個嘲諷的表情，「像扔垃圾那樣。」

小屋內安靜了一會兒。

許久，瑟爾開口：「這和他現在回到洛克城有什麼關係，他想要復仇？」

「那我可不知道。不過，我想現在奧利維家的人應該非常心驚膽戰吧。」吟遊詩人道，「畢竟他們沒想過當年拋棄的棄子會有如今這樣的成就。我倒覺得看他們狗咬狗，其實也很有意思。」

蒙特說：「這和我們沒關係，瑟爾，你去宴會就沒有打聽到別的消息嗎？」

瑟爾回：「所有人在談論的都是十日後的拍賣會。」

蒙特苦惱道：「這就麻煩了，線索斷了。」

「不。」瑟爾說，「這恰恰說明了拍賣會就是最大的線索。你剛才說，這場拍賣會其實是一場奴隸交易？」

他看向吟遊詩人，在一旁的布利安明顯緊張起來。

「光鮮的外表，腐敗的內臟。」吟遊詩人譏嘲道，「在洛克城最大的買賣就是奴隸貿易。畢竟在這裡，它可是合法的。」

「你是在想……不，等一下，好歹那個精靈小子也是西方樹海的……好歹也是你弟弟。」蒙特看了詩人一眼，嚥下後半句，「你覺得以他的實力，會被人類抓走當做奴隸？」

「沒有什麼不可能。」瑟爾說，「一個未曾謀面的弟弟，我能知道他什麼？」

布利安握緊拳頭說：「如果他害我女兒被當做奴隸，我一定要痛揍那小子一頓。你不介意吧？」

「請便。」精靈說。

蒙特說：「好吧，既然你們都這麼認為，那我們該想一想，該如何在那法師的看守下闖進去，並阻止拍賣會了。」

「這可真有趣。」德魯伊說，「上一次我們還是同伴，現在成了敵人。」

「如果你們想要襲擊拍賣會。」吟遊詩人沉思了一會兒，再次開口，他翠綠色的眸子望向眾人，「或許，我和我的同伴們能提供一些幫助。」

值得注意的是，他說的是「我」和「我的同伴」這兩個詞。看來對於這一場拍賣會，吟遊詩人和他的同伴們早就有所行動。

「喔。」蒙特並沒有錯過這個，笑道，「看來城主大人花重金聘請法師，要防備的就是你們啊。我們運氣可真不錯。」他對精靈擠著眼睛。

瑟爾抿緊嘴唇，並不發表意見。

然而，幾乎同一時間，在洛克城的另一個角落，卻有人發出截然相反的感慨。

「艾斯特斯，我們運氣可真差。」阿爾維特抱怨道，「城主府的宴會都結束了，可我們還沒探聽到一點消息，而且你還把『冠冕』弄丟了。」

「不是我弄丟的。」艾斯特斯臉色難看地道，「是被那個半獸人女孩偷走了。」

「如果當時你不拉她的尾巴，她就不會反抗你，『冠冕』就不會弄丟了。」阿爾維特說。

「我是想要救她。」艾斯特斯翠藍色的眼睛裡充滿懊惱，「當時人類的士兵就在附近，我想把她一起帶走，她卻反而攻擊我！」

精靈王子一想到半獸人女孩那戒備的眼神，就渾身不舒服，然而再想到因為自己的失誤，讓女孩現在被人類抓走了，他就更加煩躁。

阿爾維特很少見到王儲殿下這麼焦躁不安的時候，或者說從他們來到風起城，見到獸人與精靈混血的女孩的那一刻起，艾斯特斯就很不對勁了。

「您還不相信嗎？殿下。」他說，「她的父母是真心相愛。」

艾斯特斯沉默了好一會兒。

「現在不是說這個的時候，她是精靈血脈，我不會放任她被無恥的人類當成奴隸交易。阿爾維特、蒂亞，十日後，無論如何我們都要把她救出來。」

女性精靈蒂亞輕輕應了一聲。

阿爾維特卻說：「還有十天，或許我們可以去找一些幫手？」

艾斯特斯藍色的眼睛看向他。

「我聽說，最近薩蘭迪爾正在大陸上巡遊……」

「夠了！」艾斯特斯打斷他，氣沖沖地道，「這是我自己的事，我才不想找他幫忙呢。」

砰地一聲，他走進裡面的房間，並用力關上了門。

十天，是一段不長不短的時間，卻也夠讓瑟爾他們在城內打聽關於奴隸貿易的消息了。

在洛克城，奴隸貿易並不是什麼祕密。哪怕在大陸其他國家，它都是不合法、令人唾棄的，然而在這裡，它卻是一樁受法律保護的買賣。

洛克城城主宣稱，他們交易的奴隸都是自願被買賣的，是透過合法手續得來的。只要程序正當，奴隸貿易就和世界上任何其他交易一樣，是合法的市場行為。

城主的這些話，不知有多少人信以為真了，支持他的人大有人在。

「貴族們需要實力強大的混血奴隸作為私兵，法師們需要人體實驗品，還有其他各種買家……要知道，奴隸不只是低價勞動力，他們還是可以生產更多免費勞動力的『種子』。」

小酒館的祕密隔間內，吟遊詩人為瑟爾介紹著奴隸貿易的詳細情況。

「許多買主會挑選品質優秀的男女奴隸，讓他們不斷交配，以誕生更多奴隸。這是無本萬利的買賣。」詩人冷笑道，「誰會不眼饞呢？」

「為洛克城提供奴隸貿易保護的勢力有哪些？」瑟爾問。

「我知道的就有附近的幾個人類領主，或許還要加上矮人王國。」

「矮人？」瑟爾意外，「他們不是……」

「是啊，矮人們厭惡自己的同胞成為奴隸，但是他們可不厭惡免費勞動力。」吟遊詩人說，「洛克城城主每年都會向矮人王國提供一大批壯年人類奴隸，以此換來矮人國王的默許，允許他們的運奴車隊通過王國境內。還有法師們，法師也是奴隸貿易的大買主，所以洛克城城主手裡有不少好用的法術卷軸。

當然，這一次他親自請來了一位實力強大的黑袍法師。聽說你和那個伯西恩·奧利維有些交情，那還真是看走眼了呢。」

瑟爾的眉尾輕輕壓低。

「好啦，好啦，不要這麼壓抑！既然我們弄清楚了敵人有多少援兵，現在就該整理我們這邊的力量了。喂，唱歌的，你說的同伴怎麼還沒有來？」蒙特問。

吟遊詩人厭惡地拍開他的手，「不要碰我，半精靈。」

蒙特一揚眉角：「嫌棄我？可你身上也有半精靈的血統呢，四分之一混血。」

「你！」

叮鈴鈴——外面有人跨步走了進來，老遠就聽見對方的大嗓門。

「尼爾，聽說你為我帶了一個驚喜！哈哈，正好我今天也帶了一個驚喜給你！」人嗓門說著，就推開隔間的門大步走進來。

雙方驟一見面，卻是各自帶來的「驚喜」彼此詫異相望。

「薩蘭迪爾！」

「羅妮？」

瑟爾沒想到會在千里之外的洛克城再次見到羅妮・利西貝坦。

說實話，他想過這個女孩各種可能的去向，唯一沒想到的是她會成為一名傭兵。

傭兵和職業者不一樣，這個行業魚龍混雜，各類人員都有。即便是普通人，只要對自己有自信又有點野心，都可以在傭兵協會註冊成為一名初級傭兵。當然，傭兵協會對他們的生死也是不用負責的。

「羅妮可是實力很強大的一名傭兵喔。」

帶她進來的壯漢說起話來，嗓門比獸人還響亮，「有她的幫忙，我們順利完成了好幾個高難度任務。是吧，羅妮？」

劍士少女應了一聲，沒說更多。她的胸口有著傭兵協會的紋章，最終沒有再試圖成為一名騎士。

「這是你帶來的朋友嗎，尼爾？」塊頭幾乎和布利安差不多的壯漢問，「看來他們似乎和我們的羅妮認識。對了，羅妮，妳剛剛叫他什麼？薩拉蒂拉？」

羅妮看了眼精靈，不確定對方是否願意暴露身分，沒有再開口，還是瑟爾主動表明身分。

「薩蘭迪爾。」他對這威武的壯漢伸出手，「初次見面，很高興認識你。」

「你叫我『大塊頭隆恩』就好了，大家都這麼叫！嗳，不過『薩蘭迪爾』這個名字好像有點耳熟啊。」隆恩摸了摸紅鼻頭，轉著遲鈍的腦筋，「好像在哪裡……」

吟遊詩人尼爾已經不忍再看下去了。

「……隆恩。」他嘆氣，「你沒注意到在你眼前的這個『薩蘭迪爾』是一位純血精靈嗎？」

「我注意到了啊！那雙尖耳朵一進來就看到了。不過那有什麼關係，精靈我也見得多……呼咳！」隆恩突然被口水嗆到了，眼睛瞪得如銅鈴一般大，「我的老娘啊！這這、你……你是那個薩蘭迪爾！」

琵爾覺得這個有點遲鈍的豪爽漢子十分有趣，問：「你認識幾個薩蘭迪爾？」

「最凶的那個，最厲害的那個，當年嚇得獸人屁滾尿流的那個！是不是你？」隆恩像看到偶像一般臉頰竄紅，又喃喃自語地確認，「是的，一定是你！尼爾，你為我帶來的這個『驚喜』可真大啊！」

「自我介紹和寒暄就到此為止了，這位隆恩先生，還有這位尼爾。」蒙特咳嗽一聲打斷他們的對話。

在風起城混跡了多年的他，比琵爾更善於應對眼前這個複雜的局面。

「你們組織還有多少人？」半精靈看向吟遊詩人，「不要告訴我，你們的老大就是這個大嗓門的大塊頭？」

吟遊詩人一臉不願承認現實的悲痛表情道：「是的。」

「那我得重新考慮一下我們合作的事情了。」

「可以理解……」

「喂喂，不要以貌取人啊。」大嗓門的大塊頭在一旁不滿地道，「這邊不是還有一個塊頭比我更大的嗎？」

布利安被他指著，對他露出一個笑容，雖然藏在毛茸茸的長毛下，誰也看不清楚。

「那你就算了吧。」蒙特說，「和這個德魯伊比心眼，就算是一百個琵爾也不管用。」

「什麼！」

屋內傳來三聲驚呼。

「他是德魯伊？」來自尼爾和隆恩。

就連情緒不外露的羅妮，也錯愕地望了過來。

瑟爾則是對另一件事表示不滿。

「我很不想成為你拿來打比方的量詞。」精靈皺著眉頭說。

「事實上，」半精靈說，「我也是最近才發現的。你雖然實力強大，看起來也一本正經的，卻出乎意料地容易被人惹怒呢。至少就我所知，那個伯西恩就不止惹怒你三次了。」

瑟爾張了張嘴想說什麼，卻無法反駁。

「伯西恩。」隆恩突然開口，「是那個伯西恩·奧利維嗎？」

「看來整個洛克城的人都認識他。」蒙特戲謔道。

隆恩說：「不想認識也不行啊。就在剛才我進來找你們的時候，還看到奧利維家族的人上門去找他了。」他幸災樂禍道，「他們說那個叫伯西恩的傢伙犯了『弒父』的罪名，要控告他死罪！」

一聲脆響，瑟爾因為伯西恩摔碎了第二個杯子。

洛克城很久沒有這麼混亂過了。這座地處人類王國和矮人王國交界處的城市，作為特殊交易的樞紐，向來被重兵把守。然而今天，卻有人抬著棺材闖進城主府，衛兵們既不敢攔，也攔不住。

†††

「伯西恩！你這個惡毒的傢伙。」城主府大廳內，一個瘦削的年輕人在棺柩旁痛斥，「你可敢出面與我對質，讓世人知道你是如何害死了父親，還想要謀奪家產的狼子野心！」

因為奧利維家族的特殊地位，衛兵們不敢輕舉妄動，只能圍聚在一旁。而聽到消息趕來的其他權貴們對這場面指指點點，沒有人來阻止他們，直到這場風波從城主府傳遍了全城，所有人都知道消息後，城主才姍姍來遲。

「喔，小奧利維先生，我想這其中一定是有什麼誤會。」矮矮胖胖的城主摸著他的辮子鬍鬚，虛偽道，「或許我們可以等奧利維法師來澄清一下。」

「不要用這個姓氏稱呼他，他不配！」小奧利維先生憎惡道，「如果他有這個膽量澄清，為什麼到現在都不出現？」

「這其中也許是有什麼內情。不過，你說，咳……伯西恩法師害死了老奧利維，這有什麼證據呢？」城主假作公正道，「如果沒有證據，我可不准許任何人誣衊一位紳士。」

「我當然是有證據的。」

兩人一唱一和，就像事先排練好一般，一個痛斥伯西恩的所作所為，一個表達自己的驚訝與惘然。然而，他們都不知道事件的當事人——被扣上「弒父」罪名的伯西恩正好整以暇地坐在閣樓書房內，透過翠鳥的眼睛監視這一幕。

他聽著那同父異母的弟弟說他是如何對老奧利維懷恨在心，並趁著這次回到洛克城的機會暗殺了老奧利維。又聽著城主信誓旦旦地表示絕對相信他的為人，並願意用自己的信譽為他擔保。一個畏懼他的實力，所以拚命想抹黑他的名譽；一個貪圖他的實力，想要把他牢牢綁上自己的戰車。這兩個人互相配合起來，真是默契無比。

在那棺材裡，老奧利維乾枯醜陋的屍體靜靜擺在一旁，想必他到死也想不到自己的死亡，會被人利用來打造出這一齣鬧劇。

奧利維，神系血脈，誕生預言師的家族，多麼醜陋又骯髒的血統！

伯西恩的手指深深陷入木椅之中，留下一道血痕。

『你想清楚了，伯西恩。無論你現在和他關係有多好，等真相大白，薩蘭迪爾第一個想殺的人就是你。』

貝利大法師的聲音日日夜夜迴盪在伯西恩耳邊，像毒藥啃噬他的心靈。

他又想起了昨天在晚宴上見到的那個精靈，一股躁鬱充斥在伯西恩心中。

一直都是這樣！他想要的東西，從來得不到。

閣樓下的喧囂還在繼續，混雜著街上的呼喝之聲，讓黑袍法師對這座城市充滿了厭惡。

法師突然從桌前起身，黑色的眼珠像層層墨染，已經透不進光亮。

——如果這一切都不存在就好了。

一個突如其來的想法，在這一刻闖入他的腦海。然而，還沒等伯西恩本人意識到這是一個多麼可怕的念頭，城主府內再次發生的異變吸引了所有人的注意。

「報——！報、報告城主，有、有客人拜訪！」

跌跌撞撞闖進來的門衛，用結巴的語氣打斷了小奧利維和城主的雙人相聲。

「在這個時候？」城主有些生氣，「我可沒邀請任何客人，告訴他我沒空，請他改天……」

「改天？」門口，有人輕笑道，「這麼說你不歡迎我了，洛克城城主閣下？」

城主大人驚訝地望著來人。

精靈的尖耳、標誌性的翠色雙眸，還有那象徵性的長劍和屬於聖騎士的銀釦！傳說薩蘭迪爾正在大陸上巡遊。

喔，天啊！

「薩蘭迪爾大人！」

大廳內亂成一片，而閣樓上，伯西恩看著這個藍色頭髮、綠色眼睛的「薩蘭迪爾」哭笑不得，剛冒出來的毀滅念頭煙消雲散。

這種小把戲，那個傢伙究竟還想用幾次？

光與暗之詩

DEAR MY THRANDUIL

CHAPTER THIRTY

奧利維

洛克城與矮人王國接壤，每當北風吹來時，矮人們開拓山脈和荒嶺帶來的沙塵便會一同被席捲而來。這個時候，城內的空氣中都是一股礦石味，行人們摀著鼻子行色匆匆。

由於與各地開放貿易往來的緣故，行走在洛克城內，隨處可以見到外貌相差迥異的不同種族，矮人、高地人、精靈甚至還有獸人，然而唯獨例外地，卻見不到任何混血。

混血在洛克城有著另外的身分。

「你要跟著我到什麼時候？」走在前面的法師停下腳步，彌漫著礦石粉末的空氣微微震盪，似乎也有一個看不見的人隨著他停下了步伐。

他的語音裡帶著不耐，警告著潛藏在暗處的人。

「他說得沒錯，你果然十分敏感，法師。」

風帶動著樹葉，將低語送至法師耳邊，而他身旁路過的其他人完全沒有聽到這道聲音。

伯西恩知道這是什麼把戲，因為他們在白薔薇城，曾經親密地合作過。

「德魯伊。」同樣使用暗語傳遞資訊，伯西恩告誡道，「即便你跟著我，也不會獲得有用的情報。我告誡過他，不要再淌這場渾水。他在哪裡？」

「你剛才不是見到了嗎？他在城主府，接受洛克城城主的隆重招待。」

法師有些惱怒了。

「騙人的把戲對我沒用。你以為我看不出來那是一個半精靈？混淆人神志的神術不會總是奏效，你應該告訴那傢伙，小心他半精靈同伴的安危。」

德魯伊從這句話裡聽出了忠告：「你說蒙特會有危險？」

伯西恩壓低聲音，「所有混血在洛克城都有危險……」

「伯西恩！原來你在這裡！」

打斷他們祕密談話的人出現了，並且是一個十分不受歡迎的傢伙。剛剛在城主府裡唱雙簧的小奧利維先生不知何故，竟然追到了大街上，並成功找到了伯西恩。

「你以為四處躲藏就能洗去你的汙名嗎？你這個弒父者！」

周圍的人群因為這句話紛紛看了過來，伯西恩卻不覺得緊張，他看著眼前這個比自己年輕許多，應該是名義上的弟弟的年輕人。

「弒父？那個老傢伙是怎麼死的？」

「你不是最清楚的嗎？」小奧利維虛張聲勢道，「怎麼，現在知道害怕了？」

「我只是遺憾他死得太輕鬆了。」伯西恩冷笑道，「看到他睡在棺材裡的那副安祥面容了沒？」小奧利維和他身後的侍衛們面面相覷，他們聽到對面的黑髮男人道：「如果真的是我動的手，絕不會讓他死得這麼輕鬆。不過可惜的是，那個一輩子像隻種馬一樣四處交配的男人，並沒有被我殺死的價值。」

「你！」小奧利維氣得臉色發紅。

「還有你。」法師的黑眼睛望向他，年輕的小奧利維先生一陣顫慄，像被深淵凝視著，「奧利維濫交得來的血脈，似乎不能保證你的智商像正常人一樣發育。」

伯西恩冷冷勾起嘴角，抬手就是一道元素系法術「風之囚牢」，風刃組成的牢籠頓時將小奧利維以及他的隨從們困住。

「不合格的預言系法師。」

在伯西恩離去時，他譏嘲的聲音還從空氣中傳來。

「如果你真的能預言，就知道下次再來打擾我會是什麼下場。」

街上因為突然出現法術而陷入喧嘩，沒有還手能力的小奧利維就像一隻被關進籠子裡的鴨子一樣，憤怒、驚恐地尖叫。等德魯伊布利安看完熱鬧回過神來，法師早已經不知去向。

德魯伊無奈地聳了聳肩。

「所以，你就這樣什麼情報都沒有搜集到，跟丟了他？」回到他們暫時的祕密據點，吟遊詩人尼爾冷嘲熱諷。

「至少我知道了洛克城對混血不太友好。」

「喔，這可真是個有用的消息。」尼爾陰陽怪氣地道，「整個洛克城，除了你們這些外來人，沒有一個人不知道這個。你以為洛克城的奴隸交易是什麼？就是這些混血！半精靈、半獸人，還有其他。在這裡，混血根本沒有生存權，只是奴隸貿易的商品！」

「既然這樣，在我們決定讓蒙特偽裝潛入進去的時候，你為什麼不提醒我們？」布利安有點生氣了。

吟遊詩人冷笑：「我以為你們對自己的本事很有自信，不需要別人的提醒。」

關乎自己女兒和同伴的安危，向來不輕易動怒的德魯伊也生氣了。他的毛髮怒張起來，讓他整個人看起來像是膨脹了一倍。

「聽著！我不管你有什麼悲慘的身世、難言的過去！」獸人低吼道，「要是因為你讓我的女兒和伙伴受傷，我會對你以牙還牙！」

吟遊詩人臉色蒼白，卻還硬挺著脊梁：「是嗎？那有本事，你現在就殺了我！」

隆恩進屋的時候，看到的就是這劍拔弩張的場面。

「嘿，夥計們，夥計們，住手！」他上前拉住兩個人，「拍賣會在即，我們可不能先內鬨啊！抱歉，布利安，我代尼爾他道歉。尼爾，你給我少說幾句！」

吟遊詩人臉色難看地閉了嘴。

「需要道歉的不是你。」獸人稍微冷靜了下來，冷冷瞥了尼爾一眼。

「你們爭吵的內容我聽見了。其實，布利安，我剛才去找薩蘭迪爾閣下，就是為了提醒他這件事。」

「瑟爾他知道了？」

大塊頭隆恩點了點頭，「你們做決定時太倉促了，我來不及提醒，所以事後我去提醒了閣下，要他小心，不要讓半精靈被發現身分。」

布利安想起瑟爾當時做的決定，也覺得有些過於倉促。簡直就像故意找這個機會讓蒙特過去，打斷別人對伯西恩名譽的質問。

精靈對那個黑袍法師有些太過在意了。

「他怎麼說？」

「閣下已經去城主府找半精靈了。我想，他們會有決斷的。」

「決斷嗎？」

布利安想起之前在街上，伯西恩對待自己的弟弟和父親毫不留情的言行舉止，雙眉因此蹙起。只希望薩蘭迪爾的決斷，不要被不相干的因素影響了。

†††

城主府內，正在舉行一場盛大的歡迎宴會，為了歡迎這位無比重要的人物，城內所有的權貴都齊聚一堂，比之前為伯西恩舉辦的那一次歡迎宴還要隆重。

「這下你可以仔細分辨這些貴族身上是否有特蕾休的味道。如果都沒有，那可能如隆恩所說，我們需要親自闖一下由『黑袍法師』看守的拍賣會場。你在想什麼？」陽臺上，盛裝打扮的蒙特對身邊一個看不見的人問道。

「我後悔自己是否太過急促，讓你參與這麼危險的場合。」瑟爾清冷的聲音順著夜色傳來。

「你在擔心我？」蒙特哈哈大笑，「我在風起城混了這麼多年不是白混的，還不至於拿不下這小小的場面。」

「不只是你，還有艾斯特斯。我不知道他現在是和特蕾休囚禁在一起，還是被關在別處，但是我擔心他會做出衝動的事情。」瑟爾說，「或許我不應該讓你代替我來。」

「得了吧。有你在暗處，至少我們隨時都有一張底牌。不過這個底牌對那法師是無效的。」蒙特突然想起來，「萬一他把我抖出來怎麼辦？」

「他不會這麼做。」

「你對他倒是很有信心，可是別忘了。」蒙特說，「那傢伙現在和我們不是同一個陣營。」

瑟爾沉默了一會兒。

「我去大廳上走一圈。」

他說著，便藉由向以利祈求獲得的神術，如魚得水地行走在人群中。

人們看到了他，卻不會注意到他，就像他是一根柱子、一團空氣，絲毫無法引起別人任何興趣。這就是神術的作用，它和需要悉心準備又十分消耗人精神力的法術不同，神術的力量來自於神明。只要信仰的神明夠強大，又十分青睞於你，你幾乎可以無所不能。然而，瑟爾平時並不願意這樣使用神術。

在經歷了沃特蘭和赫菲斯的事件後，他開始想儘量減少和以利的接觸。那位至高又強大的神明，一定有什麼重要的事瞞著他。

「如果他不是流著奧利維家族的血脈，他怎麼能這麼猖獗！」

瑟爾聽到一個陌生的聲音，卻在談論著一個熟悉的人。

「伯西恩·奧利維就是一個白眼狼！」

剛被人從「風之囚牢」裡釋放出來的小奧利維似乎還有些狼狽，然而這並不妨礙他罵罵咧咧，詛咒著他該死的同父異母的兄長。

「他生下來的時候明明沒有預言師的天賦。」小奧利維忿忿不平道，「一定是使用了什麼邪術！」

他周圍的狐朋狗友起鬨道：「既然你對他如此不滿，為何不去找那一位呢！」

他們擠眉弄眼。

「現在薩蘭迪爾可就和我們在同一個大廳！他是你們家族『預言師奧利維』的好友，你的請求他一定會答應。」

瑟爾停下了腳步，他就站在他們周圍，然而這群年輕人完美地無視了他。

小奧利維露出了十分糾結的表情。

「預言師奧利維，不……他。」年輕的小奧利維沮喪道，「父親說過，那個人和伯西恩一樣是我們家族的恥辱，讓我不要接近和他有關的任何人。」

瑟爾瞇起了銀色的眼睛。在這一瞬間，他回想起了過去。

「家？」溫文爾雅的年輕法師看向自己的精靈同伴。

瑟爾懶散地把長髮紮成一束甩在腦後，在前面探路，「我從來沒有聽你提過你的家人，奧利維，難不成你是石頭裡蹦出來的？還是說他們都去世了？」

奧利維看著走在前面的瑟爾腦後那一搖一擺的馬尾，加深了嘴角的笑容，說出的話中卻帶著一絲寒意，「就當作是那樣吧。」

精靈不解地轉過身，正對上奧利維望向他的溫柔雙眸。

法師溫聲道：「瑟爾，除了你，我沒有家人。」

洛斐爾．奧利維，是奧利維家族史上記載，唯一一個有著完整預知未來和回溯過去能力的預言系法師。在他之前，以預言能力作為傳承的奧利維家族已經沒落許久。在他之後，這個家族也只不過是些小角色在小打小鬧。

奧利維家族的榮耀在「預言師奧利維」的時期達到頂峰，再也沒有人能超越。

對這個將家族名聲提高到前所未有地步的前人，奧利維家族的後裔卻絕口不談。聯想到以前奧利維的態度，瑟爾料想到，這其中一定有著某種祕辛。他不是不曾追問過奧利維，但是洛斐爾．奧利維可不是能被輕易探出話來的人，即便是在他們分別的最後一刻，這位大預言師也幾乎沒有顯露出自己的情緒。

那時，精靈準備北上前往聖城隱居。失去了眾多伙伴，經歷過殘酷的戰場和更加殘酷的勾心鬥角，瑟爾對一切都心灰意冷。送別的時候，兩人並沒有太多話可說。

『我會去梵恩城。』奧利維說，『聽說那裡有一座新興的法師學院，我想去那裡執教，說不定能教導出一兩位優秀的學生。』

『不會有比你更優秀的法師。』瑟爾說。

奧利維笑了，最後一次揉了揉他的銀髮，『一路順風。』

『再見，奧利維。』

『永別了，瑟爾。』

那時候瑟爾並沒有意識到，奧利維的告別與他的不一樣。這位大預言師似乎早就預料到兩人不會有再見面的一天。

「說什麼呢，奧利維！你要是能攀上薩蘭迪爾，整治那個私生子還在話下嗎？」

顯然，瑟爾在白薔薇城曾與伯西恩合作的事還沒有傳到這些人耳中。

周圍的議論聲，將瑟爾從回憶中拉了回來。他看了眼被稱為奧利維的小奧利維先生，熟悉的稱呼，這個年輕人卻和記憶中的那個人截然不同。

他有一點預言系的天賦，卻驕傲自滿，自矜自大。對於沒比他年長幾歲，已經有出色表現的異母兄長表現出更多嫉妒和憎恨。相比起南妮的後人羅妮和哈尼，瑟爾在奧利維家族的這個後嗣身上可一點都看不到奧利維的風範。

「我說過了！」小奧利維先生顯得糾結又猶豫，「我不能和那個人扯上關係。」

「因為你父親的命令？但你父親都已經去世了，你還受什麼約束？」

「不，是……」小奧利維想要說些什麼，卻終止在舌尖。

瑟爾覺得自己可以從這裡探聽到一點相關的情報。

於是片刻後，「薩蘭迪爾閣下」在眾人驚嘆的目光下，親自走到小奧利維的面前。

「聽說你是我故友的後人。」

小奧利維顯得受寵若驚，周圍的人無一不對他豔羨有加。

「我……您……」

「如果你有什麼煩惱，我可以幫上忙。」顯然在演戲這一件事上，常年混跡於風起城的蒙特也十分有天賦。

足足等了半個星時，瑟爾終於得到了蒙特探聽到的消息。

「兩個消息，一個好消息、一個壞消息……」

「壞消息。」不等半精靈說完，瑟爾就直接開口。

「好吧，真沒意思。」蒙特聳了聳肩，「壞消息是，你的老伙伴奧利維在他的家族裡似乎名聲很不好。具體的原因那小子沒跟我說，但我想也許是跟奧利維家族的預言能力有關。」

預言能力？

「好消息呢？」瑟爾問。

「好消息是，這個小奧利維也十分看不慣伯西恩。或許我們可以借助他的力量在拍賣會上製造一些混亂，混淆伯西恩的注意力，好實現我們自己的目的。」

「聽起來這也不是什麼好消息。」瑟爾說，「奧利維家有史以來最優秀的兩位法師都被自己的家族排斥，你覺得這是誰的問題？」

蒙特不怎麼關心地說：「反正不是我的問題。」

他見精靈又要陷入深思，連忙道：「讓我們先解決眼前的事吧！要是再不把特蕾休救出來，不只是我，連德魯伊也要發瘋啦。」

德魯伊布利安並沒有發瘋，他只是有些煩躁。

在跟蹤伯西恩失敗、與尼爾爭吵一番後，這種煩躁到達了一個頂峰，讓他連續幾日都安靜不下來。周圍的植物受到他影響，也肆意瘋長，相信用不了多久，他們祕密基地後面的小花園就會變成一座原始森林。

「我們已經定好了計畫，只要特蕾休出現在拍賣會上，就一定能將她救出來。」

瑟爾試圖安慰他。

大塊頭隆恩也說：「在洛克城，貴族與商人的力量雖然強大，但我們還有數百名兄弟一直在嘗試反抗他們。我們都會為這次行動竭盡全力。」

「我明白你們說的……我只是、抱歉，我出去透一會兒氣。」

德魯伊選擇一個人靜一靜。

感謝洛克城各種族混居的政策，一個獸人出現在街上沒有引起太多路人的注意，人們頂多多看他毛茸茸的耳朵一眼就走了。要是在白薔薇城，事情可沒這麼簡單。

布利安第一千次想到了那個傲慢又充滿偏見的精靈艾斯特斯，如果不是他心血來潮擄走自己的女兒，怎麼會有這麼多麻煩發生！布利安也第一千次地後悔自己在艾斯特斯面前說漏了嘴。他為什麼偏偏要提起自己的女兒？就算當時那個精靈說的話偏執又狠毒，貶損了他和妻子之間的愛情，他也不該把特蕾休的事說出來（德魯伊顯然也喜歡瑟爾為混血女孩取的這個新名字）。

艾斯特斯雖然是瑟爾名義上的弟弟，不過說真的，布利安覺得他們一點都不像。瑟爾強大又自信，這樣的人對周圍的人更多的是包容，雖然偶爾會因為心理陰影而萎靡不振，但總體來說還是個好青年。

但艾斯特斯就不一樣了，他對精靈以外的種族充滿偏見，好像渾身長滿了刺，其實內藏著自卑與不自信，對其他人表現得更加戒備。如果用氣味來打比方，那瑟爾就像是即便被人踐踏也生機勃勃的青草味道，艾斯特斯則是陰雨天裡沉沉長在角落的蘑菇味。

嗯，說起蘑菇？布利安動了一下鼻子，獸人敏銳的嗅覺讓他在此刻聞到了似曾相識的味道。錯覺？絕對不是！布利安的狼耳朵像小狗一樣豎了起來。

艾斯特斯一定就在附近！別讓我逮到你，小子。

獸人德魯伊狼嚎一聲，四腳著地地在人群中飛奔起來。

「你確定要這麼做嗎，艾斯特斯？」阿爾維特撫著長弓，有些不確定地問。

「城主府有那麼多人把守，只憑我們幾個闖進去難道不是以卵擊石？」

「我並不是要攻陷城主府，我只是想抓住那個矮人混血的城主。只要時機合適，趁他們放鬆戒備的時候行動就夠了。」艾斯特斯反問，「到這時候才後悔，不覺得有些太晚了嗎？阿爾維特。」

三個精靈正蹲在城主府外一棵茂密的大樹之上，不遠處城主府的衛兵們往返巡邏，卻沒有發現他們。因為精靈受自然喜愛的緣故，但凡有植物的地方都能成為他們完美的掩護點。

當然，能做到這一點的不只是精靈，有些人甚至做得比他們更好——比如德魯伊。

布利安藏身在院牆外的灌木叢中。他的塊頭明明那麼龐大，然而包括五感敏銳的精靈在內，沒有任何人發現他。

他們想要做什麼？布利安盯著樹冠之間的精靈們。

他找到了艾斯特斯，卻不如預想，沒在第一時間抓住他。德魯伊想要看看這個桀驁不馴的精靈小王子究竟在打什麼主意，也許他們也在試圖營救特蕾休。不過，如果他們現在在這裡鬧事，會不會對瑟爾明天的計畫有不利的影響？畢竟拍賣會近在眼前，出什麼差錯都很麻煩。

德魯伊猶豫著要不要先和瑟爾報個信，就在這時——

「上！」

德魯伊聽到一聲輕呼，那是人類的耳朵絕對聽不到的聲響。德魯伊就眼睜睜地看見三個精靈闖進了城主府中，他再也坐不住，跟在其後闖了進去。

巡邏的衛兵根本沒發現在那一眨眼的功夫，已經有兩批不速之客進了城主府。

閣樓內，正在默寫法術的法師指尖停頓了一瞬，羽毛筆在羊皮卷軸上畫出一道長長的斜線。

這張卷軸算是徹底報廢了，黑袍法師卻毫不心疼，他放下袖子，站到閣樓的落地窗前。

城主府內依舊一片平靜，看不出有任何異樣。然而，法師黑色的眼睛能看到平靜假象下的起伏波瀾，還有波瀾之下張牙舞爪的各色鬼怪。

不甘心又想要讓他身敗名裂的小奧利維、野心勃勃，試圖用把柄掌控他的洛克城主，還有不厭其煩，一遍遍告誡他的貝利大法師，他受夠了這些人！

單手撐在玻璃上，伯西恩看著那些闖進來的不速之客，眼中閃過一絲趣味。

或許一兩隻誤入花園的小老鼠，可以幫他徹底改變這個局面。

†††

『你聽見什麼聲音了嗎？』

年邁的僕人低著頭，『沒有，奧利維少爺。』

『是嗎？』

少年回頭看了眼陰暗的迴廊。在那裡轉一個彎，便會通向城堡的地下室。

剛才他明明在轉角附近聽見了奇怪的呻吟聲，這個老僕人卻這樣回答。

父親從不允許他接近地下室，家裡的僕人也都不提起它。少年好奇，那個陰暗又無人可以靠近的地下室，究竟藏著什麼祕密？

『少爺？』

老僕人在催促了。少年敢肯定，如果自己繼續在這裡站著，這個老傢伙肯定會立刻向家主打小報告。

『那可能是我聽錯了。』

又或許那個所謂的祕密，只不過是這已經枯敗腐爛的巨樹上微不足道的一部分，對於這個遲早將衰亡的家族，並無足輕重。

洛斐爾・奧利維錯過了發覺真相的機會，而等到他再次得知真相時，來自地下室的腐敗血脈已經流遍了他全身。

他將終身為此痛苦懊悔，夜不能寐。

直到有天，他遇見一個來自西方樹海，初出茅廬又愛管閒事的精靈，才明白生命究竟該是什麼模樣，這才獲得拯救。

「奧利維法師竟然不吃肉？喔，那這塊小牛排真是可惜。」

晚餐的餐桌上，洛克城主殷勤地招待著客人們，卻發現黑袍法師竟然不食肉食。

薩蘭迪爾（蒙特）不與他們同桌吃飯，因此桌上的客人們聊起天來更輕鬆（百無禁忌）一些。

聽到城主的質問，坐在他對面的伯西恩還沒回答，小奧利維先生卻先嗤笑出聲。

他現在與伯西恩暫時休戰，也是城主邀請的客人之一。

「我這位兄長不僅是不吃肉，」小奧利維譏笑道，「聽說他青春期的時候因為不小心吃了肉食，吐了整整一個下午。真是嬌弱啊。」

「真的？」洛克城主大吃一驚，「奧利維法師的這個習性，簡直就像吃素的精靈們一樣。」

伯西恩本來並沒有理睬他們，聽到這句話，他才放下餐刀。

「精靈們也不是都吃素。」黑袍法師說完這一句，看了眼大廳門口，起身，「我先告辭，明天就是拍賣會了，我想多做一些準備。」

「好好好，別忘記休息，身體也很重要。」洛克城主連忙道。

「假惺惺。」小奧利維翻了一個白眼。

伯西恩並不在意，只是臨走之前又突然停了下來，意味深長地留下一句：「希望你們用餐愉快。」

這句話，洛克城城主和小奧利維有聽沒有懂，但是躲在暗處的人卻暗暗心驚。

「他是不是發現我們了？」阿爾維特悄聲問。

艾斯特斯對那個人類法師素來沒有好感，不過此時伯西恩很有眼力地提前避退，他倒是要感謝對方。

主人正在用餐的大廳裡，顯然不會擠滿巡邏的士兵，只有幾名侍者侯立在牆邊隨時等待召喚。在伯西恩離去後，防衛力量變得更加鬆散。

「抓住機會。」艾斯特斯呼喝一聲，精靈們發動攻擊。

阿爾維特和女精靈從屋簷上射出弓箭，艾斯特斯則握著彎刀直接衝向長桌。

「衛兵！」

洛克城城主不愧是一城之主，反應迅速地推開椅子、呼喚衛兵。然而，艾斯特斯怎麼會給他這個機會！彎刀劃破空氣，瞬間抵在矮小的城主喉間。

「再叫喊，劃破的就是你的喉嚨。」精靈們威脅人來也毫不手軟。

「你們……你們究竟想要做什麼？這裡可是洛克城的城主府，各位大人物都聚集在這裡！對了，薩蘭迪爾！」城主像是找到救生的浮木般道，「薩蘭迪爾大人也在這裡！你們身為同族，難道要在他的面前對我動手？」

薩蘭迪爾？精靈們面面相覷，薩蘭迪爾會和這種人渣同流合汙，還坐鎮城主府？阿爾維特怎麼也不敢相信，艾斯特斯卻是冷笑一聲。

「如果他已經墮落到連你這種人都要保護，那我正好清理門戶！」

就在此時，一個聲音從眾人頭頂傳來。

「誰要清理門戶？」

看見來人，洛克城城主才像是看到了救命稻草，「大、大人，救我！」

「薩蘭迪爾大人！」剛才趁機跑出大廳的小奧利維先生站在蒙特身後，指著幾名精靈，「就是他們在鬧事，還請您助我們一臂之力。」

艾斯特斯看向這個被稱作「薩蘭迪爾」的傢伙，譏誚：「可笑，你們連精靈和半精靈都分不清了嗎？他怎麼會是——」

蒙特認出艾斯特斯之後心裡就大叫不好，眼見艾斯特斯就要拆穿他的身分，蒙特急中生智地打斷他：「他怎麼會是精靈呢？這幾個刺客明明是半精靈。城主閣下、奧利維先生，你們可不要認錯了。」

被倒打一耙的艾斯特斯啞然。

「你這個不速之客。」蒙特質問他，「我不管你有什麼打算，現在洛克城內外守備森嚴，你們是不可能達到目的的！」

艾斯特斯愣了一下，聽出蒙特話裡有話。難道這個半精靈是在好心提醒他們？

「看在我們好歹也算同胞的份上，現在離開，我可以既往不咎，否則就不要怪我嚴厲處置。」

小奧利維著急道：「大人，怎麼可以這樣！」

蒙特看了他一眼：「你質疑我的決定？」

「不……不敢。」

「半精靈。」蒙特收回視線，看向艾斯特斯，「還不快離開。」

艾斯特斯深深看了他一眼。

「走！」

另外兩名同伴跟在艾斯特斯身後，很快離開了城主府。而外面圍攏過來的衛兵們因為有蒙特的命令，也不敢隨意追擊他們。

這一場行刺，就這樣以令人意外的方式告終。

「既然事情已經解決，」蒙特說，「我回去休息，天亮之前都不要打擾我。」

城主與小奧利維互相對視一眼，恭敬地送他離開。

然而蒙特沒有立即離開，而是躲在暗處聽他們談話。

「薩蘭迪爾大人處置這些刺客的方式太奇怪了。」

「還有那些刺客剛才說的話……」

蒙特回到自己的房間，立刻試著向瑟爾傳訊。

「如果你覺得危險，我現在就可以帶你走。」德魯伊從暗處顯現出身。

「你一直都在？」蒙特吃驚，「那你還放那個天真的精靈王儲進來，你不知道他差點惹了多大的麻煩！」

「我只是想看看他究竟想做什麼，沒想到你們會碰面，他還識破了你的身分。」布利安說，「看來城主已經起了疑心。」

「我不能走。」蒙特說，「明天就是拍賣會，我需要以『薩蘭迪爾』的身分留下來為你們做內應。」

「好吧。」德魯伊不再試圖說服他，「你這幾天收集到了什麼情報？」

按照瑟爾的安排，蒙特這幾天都以「薩蘭迪爾」的身分接近城主和小奧利維。在這兩人身上，他分別探聽到了一些消息。

明天的拍賣會除了由伯西恩看守之外，城主還僱用了其他法師協助。以及拍賣會的舉辦地雖然是洛克城，但負責人並不是洛克城城主，他只是一個提供場地的中間人，實際的舉辦方另有他人。因此抓住城主並不會阻止拍賣會，反而會打草驚蛇，使對方加強戒備。

沒有獲知這些情報的艾斯特斯擅自行動，差點就為瑟爾他們添了大麻煩。

「另外，奧利維家族之所以和伯西恩爭鋒相對，似乎和他們家族的『預言能力』的傳承有關。」

布利安回到基地，跟瑟爾轉述蒙特的話。

「他們認為是伯西恩搶走了奧利維家族其他人的預言能力，才使家族沒落。」瑟爾覺得好笑：「將自己的無能怪罪在別人身上，倒是他們一貫的風格。」他又問，「隆恩，明天的計畫準備得如何？」

「一切順利。」大塊頭隆恩道，「多虧你同伴帶來的情報，現在我們摸清了看守拍賣會的法師名單，行動就方便多了。只是我擔心，他們會不會還有其他援兵？」

「無論援兵有多少，」瑟爾說，「只要確定他們關押『奴隸』的地點、抓住背後的組織者，我就要這種拍賣會永遠結束。」

隆恩先是訝異了一下，然後哈哈大笑：「那你可會徹底得罪洛克城的權貴！畢竟奴隸交易是他們的合法生意，是筆『大買賣』。」

「無論在哪裡，以『人』作為貨品的交易都不該存在。」瑟爾平靜道，「如果有允許這種惡存在的律法，那麼這律法本身就是惡。」

「你要挑戰它？」吟遊詩人看著精靈那雙美麗的銀色雙眸問。

「我要摧毀它。」瑟爾回答。

當精靈說出這句話的那刻，包括吟遊詩人在內，所有人都不由自主心潮澎湃。那一瞬吟遊詩人明白，古往今來那麼多英雄與傳說，無論曾經多麼輝煌，最後都是流星一閃而逝。

唯有薩蘭迪爾這個名字，永遠熠熠生輝。

光與暗之詩

DEAR MY THRANDUIL

CHAPTER THIRTY ONE

破滅

艾斯特斯從來沒有這麼灰頭土臉過。

他竟然被一個半精靈趕出了城主府，而且可能還不得不感謝對方。

「說真的，艾爾。」阿爾維特說，「我覺得我們這個計畫太倉促了，剛才那個半精靈如果真的和薩蘭迪爾有什麼關係，或許我們可以……」

艾斯特斯有些惱羞成怒：「救出混血女孩是我自己的事！」

「呵。」一聲嗤笑。

「誰？」艾斯特斯機警地轉過身，他們已經距離城主府很遠了，不該會被發現蹤跡才對。

「失禮。」法師從陰影中走出來，「我只是在想，是不是所有的弟弟都是這樣不服管教，需要兄長為他多花費心思。」

「伯西恩．奧利維！」艾斯特斯警惕地問：「是那個城主派你來的？」

「當然不是。」伯西恩說，「我只做我願意做的事，沒有任何人可以指揮我。」

艾斯特斯立刻道：「但你上次就替薩蘭迪爾做事了！還有在白薔薇城，也是你幫他的吧。」

顯然，精靈王儲的消息比其他人靈通多了，並利用這消息瞬間反駁了法師。

伯西恩嘴邊的笑意頓時有些掛不住。

「這與其他人無關。我是為你而來的，王儲殿下。難道你不想救出那個因你而陷入險境的可憐女孩嗎？」

「……你覺得我會相信你？」

「因為你沒有其他人可以相信。」伯西恩再次掛上笑容，「就像這一次因為情報不及時，你們就差點毀了薩蘭迪爾的營救計畫。到時候，你該如何面對你那個兄長呢？」

艾斯特斯無言以對。一而再再而三地被人提醒，他也意識到了自己似乎有些過於偏執。

「你也是來要求我去向薩蘭迪爾求助的？」

「不。」法師說，「我是來要求你與我合作，殿下。」

伯西恩直到深夜才回到城主府，城內主人、僕人都早已休息，幾乎沒有人發現他的蹤跡。

「這麼晚才回來，我們偉大的奧利維法師究竟是去幹什麼好事了？」

除了一個人，伯西恩轉身，看到了總是陰魂不散的小奧利維——他的弟弟。

「我去哪裡並不需要向你彙報。」

「當然。」小奧利維不懷好意地道，「前提是你不是背著我們，去和某些人暗通款曲。」

迎上伯西恩有些詫異的眼神，小奧利維得意洋洋道，「不要以為只有你一個人會預言法術。」

他手裡舉起一簇從伯西恩身上獲取的黑髮。

「只要有這些，要查到你的去向簡直易如反掌。」

「了不起的預言能力。」伯西恩為他鼓掌，「你現在真是一隻合格的追蹤犬，親愛的弟弟。」

小奧利維氣急敗壞：「別以為我不知道你的祕密，伯西恩！你是透過什麼方式獲得了預言能力，以為我不知道嗎？」他威脅，「世人如果知道了真相，會怎麼看你？還有你總是惦記的那個人！我『看』到了，一個銀髮的精靈。伯西恩，今晚去你見的就是他吧？他又會怎麼看你呢！」

伯西恩停下了腳步。

有一瞬間，小奧利維渾身僵硬到不能動彈。他並不知道自己誤打誤撞觸動了伯西恩的逆鱗，但是敏銳的感官依舊讓他察覺到了緊逼而來的可怕殺氣。

然而那股氣息只存在片刻，很快就消失。

伯西恩似乎妥協了。

「你想要我怎麼做？」他問。

小奧利維先是愣住，隨即巨大的喜悅俘獲了他。他終於逮到伯西恩的把柄，能夠掌控這個可惡的傢伙了！他開始預想自己該怎麼折磨這個傲慢的傢伙，並頤氣指使。

「首先，我要你在明天的拍賣會上向所有人承認我比你優秀，然後……」

伯西恩就聽他說些荒誕的條件。

沉浸在自我滿足中的小奧利維並沒有意識到黑袍法師剛才那一瞬的殺意，並不是作假。

†††

終於到了洛克城一年一度的拍賣會！

對於整個城市的居民來說，這都是一場盛宴。拍賣會將吸引來自附近各地的商人和貴族，在本地做買賣的居民們也可以沾著拍賣會的榮光，趁機大賺一筆。很少有人在意那些被奴隸是否痛苦絕望，也不會有人去關心這盛大的拍賣會下掩蓋著多少黑心的交易。

這和我有什麼關係呢？洛克城的居民們大多這麼想，然後繼續高高興興做他們的買賣。

布利安從外面回來，發表了自己的感慨。

「這裡的居民對買賣奴隸已經習以為常了，可我聽說一百多年前，赫菲斯已經廢除了奴隸貿易，現在沒有任何一個國家敢公開進行人口買賣。」

吟遊詩人冷嘲道：「而洛克城，不屬於任何一個國家，它是一個自由城邦。」

自由。對於那些被販賣的「奴隸」來說，這大概是最嘲諷的一個詞。

布利安看向吟遊詩人。

在洛克城被販賣的奴隸大多數是各個種族的混血，而吟遊詩人作為四分之一混血，或許經歷過常人難以想像的晦暗過去，也許他的母親就是個奴隸。如果是那樣，那他的父親是誰呢？一個貌美的半精靈女性落到那些人販手中，又是如何生下孩子，並撫育他長大的呢？

喔，慈悲的自然女神啊。德魯伊再次希望，他的小特蕾休不會有這樣悲慘的結局。

「出發了，尼爾！」大塊頭隆恩從裡面的屋子出來，身後還跟著全副武裝的羅妮。

「薩蘭迪爾呢？」吟遊詩人問。

「我們的大英雄還有祕密任務，已經先走了。」隆恩說，「走吧！今天我們可要大幹一場！」

與此同時，來自各地的貴族和商人也都在拍賣會會場外聚集，魚貫而入。

蒙特作為「薩蘭迪爾閣下」，自然受到了眾人的關注，幾乎沒有人疑惑為什麼一個精靈會公開參加一場奴隸交易。即便有人疑惑，也很快就有人為他釋疑。

「畢竟在洛克城這都是合法的嘛。薩蘭迪爾再怎麼強大，也不敢挑戰一整個城市的權威和百姓吧。」

「那倒也是。」

蒙特並不知道外面的人如何議論「薩蘭迪爾」，他作為貴賓，早已入席就座。

「這就是所有的貴賓包廂？」蒙特看向周圍，「周圍有哪些客人？」

洛克城城主抱歉道：「這是機密，大人。我只能保證，所有能坐在貴賓席上的人都有著不亞於您的身分。」

蒙特深深看了他一眼，「那我很期待。」

洛克城城主出門離開，對看守包廂的衛兵們吩咐著什麼。然而他並不知道，蒙特優秀的聽力已經將他們的對話全部納入耳中。

「注意那個『薩蘭迪爾』。一旦他有什麼舉動，立刻向我彙報。」

「是！」

蒙特聳了聳肩，看來正如德魯伊所說，城主開始對他有所懷疑了。

「你可以趁現在離開。」

「瑟爾！」蒙特吃驚地轉過身，看見那道修長的熟悉身影，「天啊，你是怎麼進來的？」

看到精靈露出「有什麼問題嗎？」的表情，蒙特就意識到自己說了一句廢話。對於薩蘭迪爾來說，世界上還沒有能攔下他的防衛。

瑟爾走進包廂，環顧裡面華麗的布置。

「看來你這幾天過得還不錯。」

「所以我流連忘返，遲遲不願意回去。」蒙特打趣道，注意到瑟爾投來的警告目光，只能說實話，「好吧，我承認之所以一直不願意走，是因為我想打聽一些關於伯西恩的消息。」

聽到這個名字，瑟爾的腳步停頓了一瞬。

「你不是不在乎他嗎？」

「可是你在乎啊。」蒙特想也不想地道，「我總得查清楚讓我們薩蘭迪爾大人念念不忘的黑袍法師，究竟出了什麼狀況。」

瑟爾正想反駁蒙特的用詞，下面的大廳裡已經傳來陣陣歡呼。

蒙特湊過去看了一眼，笑道：「看來，好戲已經開場了。」

在瑟爾的眼中，這是一場嘩眾取寵的滑稽劇碼。

首先登場的是洛克城城主，他向大家宣揚洛克城公平、自由的貿易氛圍，並誇讚這是大陸上最有秩序的城市。大廳內坐著的觀眾們就像牽線木偶一樣齊齊鼓掌，為這座城市、這場拍賣會歌頌。

在最初幾個拍賣品熱場之後，重頭戲終於來了。他們將準備拍賣的各種族混血奴隸一一帶到舞臺上，進行展示、競價。

人群開始異常激動，琵爾聽著那些喧囂的叫喊，望著那一雙雙通紅的眼睛，只覺得坐在大廳內的是一群衣冠禽獸。

不過，在正式開始之前，洛克城城主向大家介紹了一個人。

「讓我們歡迎奧利維法師，他負責這一次拍賣會的所有守衛工作！」

一個年輕人在城主的引薦下與在座的各位權貴見面。在這麼多重要人物面前宣揚自己的價值，簡直沒有比這個更好出人頭地的舞臺了，年輕人為此得意洋洋。

一切似乎都正如計畫，琵爾卻猛地回頭看向蒙特。

站在臺下的那個人雖然也可以說是奧利維法師，卻不是琵爾認可的任何一個奧利維法師——是那個小奧利維。

「我正想和你說。」半精靈攤手道，「這就是變故之一，伯西恩的位置被他那個無用的弟弟取代了。」

「該死的。」琵爾忍不住罵了一句，「他一定是故意的！」

精靈有些煩躁，因為他覺得狡猾的黑袍法師一定有什麼陰謀。

如果伯西恩在現場，一定會感慨他們真是心有靈犀。然而，黑袍法師現在面對的是另外一個銀髮精靈。

「我可以進去了？」艾斯特斯冷聲問。

「請。」

伯西恩看著三個精靈的身影消失在走道上，不由得開始期待。

他對著窗外的月色，細細想了所有布局，自覺萬無一失。

黑袍法師有些愉快地，不知對誰呢喃：「希望你喜歡我送你的禮物。」

瑟爾打了一個噴嚏。

拍賣會大廳內流淌著一種怪異的氣氛，熱烈噴湧地呈現著赤裸裸的欲望，令人作嘔。瑟爾覺得，自己簡直要對此過敏了。

在介紹完小奧利維後，這一場人口交易將正式開始。瑟爾看見臺下某個角落，有一個侍從打著約定好的暗號，這表示隆恩他們已經找到了關押「奴隸」們的地方，行動即將開始。

「你該走了！」瑟爾催促半精靈。

「等等，我也可以參戰！」蒙特不滿道。

就在這時，他們都聽見了朝包廂靠近的腳步聲——有人把他們包圍了，人數還不少。

「好吧，現在我可以繼續留在這裡了。」蒙特無奈道。

看來城主是不放心「薩蘭迪爾」一個人留在這裡，特意派兵來看守他了。為了不打草驚蛇，蒙特只能繼續留下來，瑟爾自己先行離開。

「注意安全。」他留下一句囑咐，遁入牆角的黑影之中。

隆恩和布利安他們已經開始行動了！拍賣會的看守很快就會察覺，而在這之前瑟爾得負責把所有看守會場防禦法陣的法師們解決掉。

根據蒙特得到的情報，這一次原本負責看守拍賣會的人，除了伯西恩之外，還有另外三名法師。伯西恩的位置被他那個不堪大用的弟弟取代，算是為瑟爾省了不少力氣。

他的目標直指另外三位法師。

精靈輕盈的身影行走在房間與走道之間，宛如一陣無影無蹤的風。

照這樣下去，瑟爾本可以很快就獵取他的目標，卻發生了意想不到的意外——在本該出現第一個鎮守法師的房間裡，瑟爾的目標已經是一具屍體了。

出手的傢伙沒有手下留情，倒在地上的法師還保持著掏出法杖的動作，就已經嚥下了氣。

瑟爾皺眉，用手指輕碰死者喉間，一道傷口清晰可見。

這是有一定弧度的刀刃才可以造成的創口，凶器是彎刀。能這麼熟練地使用彎刀獵殺法師的，會是誰呢？是敵還是友？

瑟爾來不及多想，匆匆起身朝另外兩個地點趕去。

第二個房間，同樣的死法、同樣的姿勢，瑟爾等來了第二具屍體。

這位法師連掏出法杖的時間都沒有，從屍體流出來的血還是溫熱的，說明動手的人才剛離開。

這絕對不是隆恩他們做的！預知到又會有不明的人馬闖進來，瑟爾眉頭微蹙。他加快速度，想要趕在對方殺死最後一個法師之前趕過去！

這一次精靈的速度比風還快，可對方顯然也不慢。

當瑟爾趕到最後一個目的地的時候，已經聽見了屋裡的慘叫。一種難以言說的憤怒襲上瑟爾的心頭，在慘叫聲結束之前，他闖進房間裡。

「住手！」

在瑟爾喊出那句話的瞬間，對方割破了最後一名法師的喉嚨。

瑟爾看到了現場，也看到了行凶的人。

那是一個銀髮精靈，穿著西方樹海精靈們特製的短裝，用一縷金髮綁著自己的長髮。那個人對敵人出手時下手無比迅速，聽到喝止後有些不耐地望過來，眉角微挑。

有那一瞬間，瑟爾以為看到了過去的自己。

對方也呆住了。

和他們一樣呆站住的，還有屋內另外兩個精靈。

在看到那雙翠藍色眼睛之後，瑟爾怔然了好久，有一瞬間甚至忘記了自己在何時何地，還以為他還在西方樹海，被精靈王用無奈、縱容的眼神注視著。

「……你的眼睛很像父親。」許久，他明白了眼前這個精靈的身分。

精靈王也有一雙深邃的翠藍色眼睛，小時候的瑟爾總是想在那雙如大海一樣的深眸裡尋找自己的倒影。

「是嗎？但他卻說我像你。」艾斯特斯收回彎刀，用力捏白了手指，「我該叫你什麼，兄長、哥哥還是……叛徒？」他有些挑釁道。

西方樹海前後兩位王儲終於在今天見面了。

「艾爾！」阿爾維特回過神來，有些責怪道，「不要太過分。」

一旁，女性精靈已經對瑟爾激動地半跪下身。

「薩蘭迪爾閣下！。」

對年輕的，尤其是在退魔之戰後出生的精靈們而言，薩蘭迪爾是一個不能被公開提起，但每個精靈都會偷偷了解的傳奇。直到現在，西方樹海裡有很多項記錄還是由薩蘭迪爾保持著。

看到身邊伙伴們這樣的反應，艾斯特斯自嘲：「其實有時候，我總覺得我只是你的一個贗品，是父王製造出來、用來替代你的木偶。這麼一想，我倒寧願我的頭髮和眼睛與你們一點都不像。」

「艾斯特斯……」

瑟爾察覺到自己和初次見面的弟弟之間有著深深的代溝，但是現在不是解開嫌隙的場合。

「誰讓你到這裡來的？你為什麼要殺了他們？」

「你跟在我身後，不也是想殺了這些為虎作倀的法師嗎？」艾斯特斯反問，「難道你現在還惋惜他們的性命？當年在退魔戰爭中，你殺的人可不止這些。」

瑟爾看得出來艾斯特斯是故意不想回答真正的答案。

他本想轉身問另外兩名精靈，但這時，屋外傳來了騷動，會場開始混亂起來。看來是隆恩他們的行動有了效果，他必須回去支援！

「你們跟我離開這裡！」瑟爾對三名精靈道。

「憑什麼？」艾斯特斯故意唱反調。

「如果你不想被我扛在肩上，就自己乖乖跟在我後面。」

看見瑟爾一副認真說話的模樣，艾斯特斯沉默了一會兒，也只能選擇服從。畢竟論武力，他不是瑟爾的對手，而他離開樹海本就是有事要來找瑟爾。

「你們——」只是離開前，他趁瑟爾不注意悄悄叮囑阿爾維特他們，「不准把那個法師和我們見面的事告訴他！」

「可是……」

「這是命令。」

阿爾維特他們畢竟還是追隨艾斯特斯的，聞言只能從命。

瑟爾根本沒有心思去想身後三個精靈在打什麼主意，他的全部心思都在前面的拍賣會場上。

人群的驚叫聲越來越清晰，瑟爾卻覺得不對勁。

不該如此！按照計畫，他解決了控制法陣的法師們後，隆恩他們會負責解決會場內的看守，基本上沒有難度。你想，他們的同伴中可是有一個南妮騎士繼承人，還有一個德魯伊傳人！

可是從現在混亂的局面看來，顯然會場內發生了預料之外的事情。

難道是伯西恩那個傢伙又橫插一手了？

「布利安！蒙特！」

精靈衝進會場，卻被一陣迎面撲來的熱浪吹起長髮。他得用手擋住眼睛，才能不讓眼睛被熱度灼傷。

「瑟爾！你總算來了。」

他聽見不遠處傳來蒙特的呼喚。

「快看看這個大傢伙吧！我猜肯定是你的老朋友！」

跟隨在瑟爾身後的艾斯特斯有了準備，用法術保護住眼睛，第一時間看清了在會場內大肆破壞的罪魁禍首。現任精靈王儲一向冷漠的表情崩壞了一瞬，失聲道：

「那是什麼！」

只見會場中心，一個渾身燃燒著火焰的巨人正揮動著他的手臂，那彎曲的獨角表明了他的身分。

他身上散落的惡魔之火每過一處，便熊熊燃燒、毀滅一切。

他的腳步每踩過一塊石板，便能聽到地面裂開的聲音，是大地在嘶鳴。

周圍的空氣不祥地扭曲，彷彿只要接近他，就會瞬間被席捲到另一個空間。

「地獄領主。」

瑟爾的聲音從旁邊傳來。這個時候只有他一如往常的聲音，才能讓周圍的人安心一些。

「有人用惡魔卷軸，召喚出了領主等級的惡魔。」瑟爾看著會場內倒伏的一具具殘肢，冷冷地說，「死亡、暴力、欲望和野心，簡直沒有比這裡更完美的召喚地了。」

號稱最有秩序的自由之城洛克城，成了孵化惡魔的卵巢。

拍賣會場裡的活人已經跑得差不多了，城主也早已不見蹤影，然而瑟爾他們的戰鬥才剛開始。

「那些混血惡魔根本無法和他比。」蒙特一邊放著冷箭一邊後退，「我之前看見城主的護衛隊，一和這惡魔打照面就被燒成骷髏了！」

「那是惡魔之火，只有精靈的魔法才能熄滅。」瑟爾作為現場唯一一個有和惡魔作戰經驗的人，「艾斯特斯，帶你的伙伴們去熄滅惡魔之火。其他人去找出召喚出惡魔的傢伙，把這大塊頭送回去！」

「不用找了。」半精靈遙遙喊道，「召喚出惡魔領主的傢伙，現在就在惡魔的頭頂呢。」

瑟爾定睛望去，果然見到惡魔巨人頭頂的獨角上，串著一個被開膛破肚的人類法師。再仔細一看，這個倒楣鬼不是小奧利維，還能是誰！

就在這時，渾身燃燒著火焰的惡魔領主看到了瑟爾，頓時就像看到獵物的鬣狗一樣，嗷嗷叫著拚命向瑟爾衝來。

蒙特說：「看來這個大塊頭認得你！你是不是和他有仇？」

「和我有仇的惡魔可多了！」瑟爾索性以自己為誘餌，「這次的召喚不完全，這個傢伙現在只有本能，沒有理智。我來吸引他注意，其他人趁機把混血都帶出去！」

「沒想到那個小奧利維還有這一招，真是吃大虧了！」負責營救混血奴隸的隆恩遠遠地感嘆，「這裡就交給他們了，我們走吧。羅妮？」

「我留在這裡。」女劍客握著長劍，衝上前替瑟爾分擔惡魔的注意力。

「布利安呢？」隆恩又問。

獸人德魯伊暴躁地道：「我沒找到特蕾休！艾斯特斯！」他對精靈王儲咆哮，「我一定要揍你一頓！」

蒙特連忙拉住他：「好了好了，等一下再揍。惡魔還沒解決呢，先利用精靈們熄滅了惡魔之火。」

正在彎弓搭箭的阿爾維特：「……」

沒找到特蕾休？瑟爾在忙亂之中想，混血女孩沒和這一批被販賣的混血關在一起是跑去哪裡了？

瑟爾現在進退兩難，一方面拍賣會場內還有其他人和傷患，他不能毫無顧忌地和惡魔領主大戰一場，另一方面被他拖住的惡魔領主造成的破壞越來越大，即便有艾斯特斯他們負責減少惡魔之火，危險也是成倍疊加。

在這麼束手束腳的局面下，瑟爾一不留神，差點被惡魔領主的巨臂砸到，羅妮及時拉了他一把。

女劍客一邊為瑟爾抵擋攻擊一邊問，「現在召喚他的人已經死了，還有什麼辦法能把這個惡魔送回去？你能殺了他嗎？」

「純血惡魔是無法殺死的，因為他們不是通常意義上的生物。現在只有耗盡這一個惡魔領主的力量，才能把他送回去。小心！惡魔可以吸取周圍的生命力、增加自己的力量，妳不要太靠近他。」

所以瑟爾暫時只能不斷讓惡魔領主攻擊自己，最大限度地消耗對方的力量。

羅妮吃了一驚。

「那這樣，他們豈不是永遠不敗？」

力量不耗盡就不會消散，又可以不斷吸取其他人的生命力補充自己的力量，惡魔簡直是立於不敗之地。

「怎麼會？」

瑟爾笑一笑。

「如果惡魔無法被打敗，這個世界在一百五十年前早就結束了。」

羅妮這才想起來，就是眼前這個精靈帶領著大陸上的各個種族擊敗魔潮，創造了本不可能發生的奇跡！

「那並不是我一個人做到的，我很幸運，有很多值得信任的同伴。」

像是猜透了她在想什麼，瑟爾輕輕說。然後迅速推開羅妮，自己擋下惡魔領主帶著絕大力量的一擊。

在惡魔龐大身影的襯托下，他修長的身影是如此渺小，卻猶如一塊堅不可摧的磐石，那些狂嘯火焰永遠都無法越過他，從而為身後的伙伴開闢出一塊庇護之地。

南妮騎士也是他的伙伴。羅妮想，自己的祖先就是和這樣的人物一同奮戰嗎？

「隆恩帶著人都撤走了！」蒙特彙報。

艾斯特斯他們也已經熄滅了惡魔領主在會場內燃起的大部分火焰，現在專注地圍繞著惡魔，釋放帶有精靈魔法的箭矢，以控制惡魔之火不再蔓延。

只有布利安依舊沒有找到特蕾休，半精靈已經快拉不住這個憤怒的獸人，讓他不去找精靈王儲的麻煩了。

「好！現在只需要你們做一件事，把他頭頂串著的屍體拿下來。那具召喚者的屍體會不斷增強惡魔的力量！」瑟爾拉著羅妮後退，「布利安！特蕾休不在這裡，先出去再說！」

獸人德魯伊忿忿地瞪了艾斯特斯一眼，也只能遵照瑟爾的吩咐。

「我去把屍體拿下來！哇喔！」

蒙特本打算從半空中跳到惡魔領主頭頂上，然而，還沒等他完成這個危險的行為，惡魔的尖角就已經戳到了會場的天花板。脆弱的屋頂終於不堪重負，一片片崩塌。

還沒撤離多遠的隆恩聽見聲響，錯愕地回頭。街上驚魂未散的人群和他望著同一個方向，只見一個足足有城堡那麼大的火焰巨人從逐漸坍塌的拍賣會會場裡走了出來。

他的身形清晰地映入人們眼底的那一刻，不少人發出哀鳴。

「那是什麼怪物？」

「喔，媽媽，我們死定了！」

「我的拍賣會場、我的金幣，全都毀了！」當然還是有人別具一格，這個時候還在操心其他的事。

蒙特從屋頂的破洞中跳出來。

「現在我們不用擔心空間不夠大了。」

「現在我們該擔心的是他會吸收周圍的生命力，變得越來越強大。」瑟爾說，「蒙特、布利安，幫忙驅散周圍的人群。」

半精靈從屋頂上跳下來，走到洛克城城主面前。

「薩、薩蘭迪爾大人？」城主看見，立刻抓住半精靈的褲腳，「救救我的命，我的財產！」

「這我可辦不到。」蒙特輕笑，「況且你不是早就知道我不是薩蘭迪爾了嗎？」

「不！」城主慘叫著推開他。

拉扯間，蒙特一直掛在耳朵上的耳墜掉了下來，露出半精靈尖耳上那道可怕的裂痕。

「你是個半精靈！你這個骯髒的奴隸竟然敢欺騙我，我要你付出代價——！」

在他的叫聲引來更多人的注意之前，有人一把打暈了他。

蒙特看向來人。

「我該說謝謝嗎？」

吟遊詩人冷冷道：「我可不是為了你。」

「總之還是謝了。」

蒙特按照瑟爾的吩咐去疏散城內的人群，惡魔領主所在的半徑十里內最好都疏散乾淨。

然而，勸人們離開並不像想像中的容易，尤其在蒙特半精靈的身分曝光之後，貴族們一看到他就露出厭惡的眼神，平民們也是如此，他們並不相信蒙特的勸說。反倒是布利安那一邊，獸人的身分沒有為他增添太多麻煩。

「聽說你是從南方自由聯盟來的。」吟遊詩人在半精靈身後譏誚道，「大概從沒有遇到這種待遇吧。」

「這你就錯了。即便是南方聯盟，也有各種想像不到的情況。」蒙特說，「況且因為我是半精靈就不聽從我的勸告，最後丟了性命的人是他們自己，我頂多收到兩個白眼，有什麼大不了的損失？」

「半精靈都像你這樣自我安慰嗎？」

蒙特反唇相譏，「四分之一混血都像你這樣自怨自艾嗎？」

「夠了！」艾斯特斯從崖壁上跳下來，「都給我閉嘴，你們打擾我集中精神了。」

蒙特和尼爾瞬間異口同聲：「果然，傲慢的純血最討厭！」

此時的瑟爾並不知道，他的弟弟和他的二分之一、四分之一同胞正陷入互相鄙視的大戰之中，他正忙於解決眼前這個大麻煩。

「我不能等他自己消耗完。」瑟爾說，「我要直接吸盡他的力量！」

羅妮問：「你要吸收這個惡魔身上的力量？用什麼方法？」

「反正不是用嘴。」瑟爾難得在忙亂之中開了個玩笑，「幫我一個忙，羅妮，退到安全地帶，然後等等如果發現我有不對勁，就打暈我。」

「你說什麼？」羅妮大叫，「我打暈你？怎麼可能，而且你為什麼會說自己不對勁？你究竟要做什麼！」

「妳辦得到，就像南妮曾經做的那樣！」瑟爾不願多說，抓住女劍士的衣領就粗魯地把她一把丟出去。

羅妮在空中連翻了三個空翻，最後被阿爾維特扶著落地。

「妳沒事吧？」本來和王儲一起射著箭，王儲卻半途跑去和半精靈們吵架，現在正獨挑大梁的阿爾維特關心地問。

「我沒事，有事的是薩蘭迪爾！」羅妮喊，「他想做什麼？」

然後下一刻，所有人都看到了瑟爾究竟打算做什麼。只見他直接跳上惡魔領主的頭頂，把小奧利維的屍體遠遠扔開，然後將惡魔的尖角對準自己的胸膛。

噗哧一聲，惡魔之角穿透精靈的心臟。

這一刻，一直暗中觀察的某位法師幾乎忍不住要衝出來。

有那麼一瞬間，伯西恩覺得自己後悔了，他預算了各種情況，卻沒有把瑟爾可能會有的行動全部考慮進來。

誰會為了阻止一個惡魔領主，將惡魔之角捅進自己的心臟？

這是尋死嗎？

在場所有人都這麼認為，然而下一瞬，他們發現自己大錯特錯。

被尖角穿透心臟的瑟爾並沒有任何不良反應，他像沒有痛覺一樣，一點一點地將惡魔之角進一步往胸膛內捅去。

最奇怪的是，那支巨角已經有三分之一的部分刺進了精靈的身軀，卻沒有從精靈的身後穿透出來。與此同時，惡魔領主身上的力量肉眼可見地開始化作漩渦，往精靈體內湧去。

瑟爾真的如他所說，「吃」下了惡魔領主的力量。

惡魔身上赤紅的火焰越來越黯淡，瑟爾的銀髮卻從髮根開始發生變化。那些被吃下去的惡魔之力凝聚在體內，使他的髮尾開始變紅，甚至臉上也隱隱約約有了黑色的紋路。

「魔化！」布利安道，「快阻止他，再這樣下去他會被惡魔的力量同化！」

「不行！」羅妮說，「先等薩蘭迪爾吸光了這個惡魔領主所有的力量！」

「那樣他自己就會變成一個惡魔，肯定比這個惡魔領主還可怕得多。我們這裡還有誰能對付他？」布利安不贊同。

「他知道自己在做什麼。」羅妮看向德魯伊，「而我會在他變化之前阻止他。」

「我贊同她。」蒙特說，「畢竟這裡只有瑟爾有與惡魔對戰的經驗，如果他曾經用這種方式擊敗過無數的惡魔，沒道理這一次他會失敗。」

「這就像是獻祭。」吟遊詩人看著眼前那副景象，訝然道，「即便他吸光了惡魔領主的力量，他體內肯定會有惡魔之力的殘留。一個正常人，可以承受這麼多的惡魔之力還不被魔化嗎？」

艾斯特斯沒有說話，他看向薩蘭迪爾，看見他的銀眸一點一點染上血色，銀髮從髮尾開始蛻變成紅，清雋的容貌因為爬滿了黑色圖騰，變得陰森可怕。

「聽說那是深淵之主的符號，每一個惡魔身上都鐫刻著這個紋路，象徵所有惡魔都必須聽從他的管轄。」

「你……法師？」艾斯特斯看著突然出現在身邊的黑袍法師。

「你厭惡這樣的他嗎？」伯西恩走到他身旁，專注地凝望著瑟爾。

在場的其他人並沒有第一時間注意到他的出現。

被這樣詢問，艾斯特斯的臉色變了變，最後像是逞強又像為了說服自己般道：「這副被惡魔之力控制的墮落模樣，難道不醜陋？」

「是嗎？」伯西恩黑色的眸子映著火焰搖晃的身影，「但我卻覺得很美。力量與力量之間相互交融，光明與黑暗在他身上同時體現。他既是以利的聖騎士，又可能隨時墮落成惡魔。難道你不覺得，這樣脆弱又強大的事物才是最美麗的嗎？」

艾斯特斯有些惱怒道：「薩蘭迪爾不會墮落成惡魔！」

伯西恩有些意外地看向他。

艾斯特斯轉過頭緊盯著瑟爾。你一定不會就這樣被惡魔之力操控的，不是嗎？你可是薩蘭迪爾！

瑟爾吸收的過程已經到了最後的時刻，惡魔領主的身影變得越來越透明。然而因為瑟爾吸走了他的力量，惡魔領主反而在這最後的瞬間恢復了神志。

在這一刻，惡魔領主從一個只知道暴力破壞的傀儡，變成了狡猾而詭譎的大惡魔。他很快就明白了自己的處境，卻不覺得意外。

「又是你，精靈。」惡魔哼笑道，看著瑟爾一點一點吸收他的力量而發生的轉變，「很快你就會成為我們的同伴，我等著你……」

隨著最後一絲力量被吸取，惡魔的身影消失在拍賣會會場的廢墟中。

瑟爾從半空中掉下來，他的頭髮已經徹底變成暗紅色，一雙眼睛卻在銀與紅之間不斷轉換。

「瑟爾？」蒙特呼喚，並試探著上前一步。

「小心！」

羅妮拉開他，並劈開瑟爾扔來的一塊碎石。

「他現在好像有點不對勁！」

「是魔化嗎？」

「還沒有。」布利安說，「但是他無法控制這麼多的惡魔之力。女劍客，之前妳是怎麼說的？」

「我會為自己說過的話負責的。」羅妮拉開半精靈，雙手握住長劍，嚴陣以待地看著模樣大變的瑟爾。

蒙特問：「妳準備把他劈暈嗎？」

羅妮沒有回答，只是緊咬著牙，對著隨時可能會襲擊過來的瑟爾。

銀與紅妖異眼睛的精靈看了周圍一圈，下一瞬，他選擇攻擊正拿著武器對著他的羅妮。

瑟爾沒有使用武器，但是他鋒銳的指甲比任何武器都要堅硬。鏘地一聲，羅妮覺得自己好像被一塊巨石砸中，不受控制地踉蹌了幾步。

「要打暈他有難度。」蒙特在一旁道，「要我幫妳嗎？」

紫羅蘭長髮的少女咬了咬牙，這一次握著長劍主動迎擊。她的劍法十分優秀，步伐也十分敏捷，然而即便這樣，在瑟爾面前依舊落於下風。

「薩蘭迪爾的戰鬥經驗比她豐富太多了。」布利安在一旁評價道，「即便他現在神志不清，這女孩也不是他的對手。」

羅妮當然意識到了雙方之間的差距，但她絕不會放棄！畢竟她答應過薩蘭迪爾，一定要做到南妮騎士曾經做到的事！

少女高喝一聲，用盡全身的力氣最後一次朝薩蘭迪爾攻去。

「小心！」

「妳不要命了？」

周圍幾人驚呼出聲，瑟爾尖銳的指甲險險擦過羅妮的喉間，卻在刺進去的一瞬猶豫了片刻。

抓住這片刻的時機，羅妮用劍柄狠狠敲中瑟爾的後腦勺。

「成功了！」蒙特驚喜道。

然而，瑟爾並沒有被敲暈，他只是眨了眨眼，露出一個有些惱怒的表情。那一下對他根本無關緊要，反而更惹怒了他。

「看來是沒成功。」吟遊詩人幸災樂禍。

蒙特連忙拉著羅妮離開。

「妳確定他是要妳這樣敲暈他嗎？」

在躲避瑟爾反擊的間隙，兩人這樣對話。

「他是這麼說的！」

「看來瑟爾低估了自己腦袋的硬度。」蒙特在這時候還不忘開玩笑，「隔了一百多年，同樣的方法已經無法打暈他了！」

艾斯特斯在另一邊，見狀便要握起長弓。

伯西恩攔住他。

「你做什麼？」精靈王儲義憤道，「再這樣下去，他真的會魔化。」

「你的弓箭射不中他。」伯西恩說。

「那難道你可以？」

黑袍法師搖了搖頭，露出一個神祕的笑容。

「她可以。」

她？

艾斯特斯正咀嚼這個字，看見黑袍法師所指的「她」了。

那是一個有著一頭漂亮銀黑色頭髮的女孩，她尖尖的耳朵因為不安顫抖著，卻在看到法師遞過來的鼓勵視線後，下定了決心。

「瑟爾！」

混血女孩一邊喊著精靈的名字，一邊越過滿地大大小小的碎石，朝他跑去。

女孩嬌小的身影在廢墟之間快速跑動，令人擔心她隨時都會被某根斷裂的石柱壓倒。

「瑟爾、瑟爾！」她踉蹌地走到精靈身前，因為站立不穩而摔了一跤。

紅眼睛的瑟爾看了她一眼，無動於衷。

「快離開他！」自從看到女兒出現起就不鎮定的傻爸爸布利安叫了一聲。

特蕾休卻充耳不聞，她從地上爬起來，抖落毛茸茸狼尾巴上沾到的灰塵，在所有人目瞪口呆的眼神裡一把撲進精靈懷中。

「瑟爾。」

她一遍一遍叫著，努力把自己往精靈懷中蹭。

令人驚訝的是精靈竟沒有推開她。

被女孩抱住後他像是僵住了，接著，就像被施展了某種法術一般，紅色和黑色從他身上緩緩褪去。他的長髮恢復明亮，雙眼也重新煥發神采，惡魔之力的影響消失殆盡。

「特蕾休？」

看著懷中的小女孩，瑟爾怔怔地伸出已經褪去尖銳指甲的雙手，抱住她。

「我好想你啊。」特蕾休說。

瑟爾恢復了。

「能喚醒他的是同伴的呼喚，而不是暴力。」伯西恩看著這一幕，「對他越是重要的人，能越快喚醒他的神志。」

艾斯特斯有些不是滋味：「所以他重要的人是那個混血女孩？」

他們甚至沒有血緣關係！

「特蕾休對瑟爾來說意味著很多，說她是他對過去所有回憶和懷念的象徵也不為過。」

原本還有些懵懂的瑟爾聽見熟悉的聲音後循聲望來，在看到黑袍法師身影的那一刻，眼神瞬間變得清晰無比，再也沒有一絲迷茫。

「伯西恩．奧利維！」

精靈氣沖沖地揮著自己的拳頭。

「你究竟在這裡面做了什麼好事！」

沒想到瑟爾清醒後的第一件事，就是發現站在角落和艾斯特斯說悄悄話的黑袍法師。所有人都被他這一聲引得朝這邊望來。

伯西恩避無可避。

偏偏這時候，艾斯特斯在一旁說風涼話：「我看不如你親自去，反而可以更快喚醒他。」

†　†　†

洛克城的居民們經歷了難熬的一天。

最開始，他們滿心歡喜地等待拍賣會，好從那些達官貴人的牙縫中得到一些好處來填滿自己的錢包。然而，拍賣會不僅戛然而止，會場還被徹底破壞了。

那可是洛克城的標誌性建築，他們引以為豪的財神爺啊！

僥倖生還的拍賣會參加者也是痛心疾首，他們這次不僅毫無所獲，一些賣家可能還賠掉了全部的身家。在惡魔領主被退治後，這些人集中到了拍賣會會場的廢墟前。

「究竟是怎麼回事？」

商人們聚集在城主面前控訴。

「我的商品全都不見了！我親眼看到他們被人帶走了！」

「拍賣會被人襲擊，我們丟失了貨物，您是不是要對此承擔責任？」

死裡逃生的洛克城城主還來不及慶幸，就已經被麻煩纏身。瑟爾他們與惡魔領主交戰的場面不是沒有人看到，但是人總是欺軟怕硬，沒有人願意為自己找麻煩。

瑟爾站在廢墟的頂端，看見那些人像蝗蟲一樣又重新聚攏過來，不由得皺眉。惡魔領主才剛被他打回深淵，這裡還殘留著惡魔的氣息，人待在這裡對身體並沒有好處。

「他們不會聽我們的。」蒙特走到他身邊，「對於這群人來說只要能要到好處，哪怕是在毒氣室待一整天也無所謂。」

「特蕾休！」

「爸爸！」

半精靈看向瑟爾，翠綠色的眸子閃過嘲諷。

「這就是人類。」

「女兒，妳長高了！」

「爸爸你也長高啦。」

「這不是人類。」瑟爾說，「這只是人類的一部分。人類有好有壞，也有不好不壞，我們永遠不能只以眼前看到的一小群人去評判一整個種族。」

「那你覺得洛克城的人是好是壞？」

既然已經被發現了，伯西恩索性直接走到他面前，法師黑色的眸子專注地望著精靈。

「不說這些貴族和商人，就連城內一般的居民都依賴著奴隸貿易維持生活。他們踐踏在混血們的自由和性命之上生活，這種應該算是惡人嗎？」

「如果我生在一個殺人合法的國家，我殺了人，那我算惡人嗎？」瑟爾反問。

伯西恩道：「所以你在為洛克城的人說話。」

「不，我是說，這個城市扭曲的秩序已經麻痺了居民的價值，他們遲早會自招滅亡。還有你，伯西恩，特蕾休是你帶走的？」

伯西恩眨了眨眼，「我以為這不是一個問題。」

瑟爾有些惱火道：「剛來洛克城的時候，警告我遠離這些麻煩的是你！幫助城主為虎作倀的也是你！現在又救出特蕾休，你究竟在想什麼？」

「人總有身不由己的時候。」

艾斯特斯在一旁冷笑道：「是啊，所以你是身不由己地幫我們救人。還有——」

「特蕾休！妳會說完整的話了，爸爸好感動。」

「那邊的那對父女能不能安靜一下？」精靈王儲忍無可忍地對那對父女道，「你們要相認，可以自己去一邊嗎？」

女性精靈隨從不忍直視地摀嘴輕嘆：「天啊，艾斯特斯殿下越來越粗魯了。」

「要知道，」阿爾維特從一旁輕盈地跳過來，「我覺得從出來找薩蘭迪爾開始，他就變得很不對勁。不過，也越發鮮活。」他笑了笑，「比起樹海裡那個禮儀優雅卻冷冰冰的王儲，我更願意看到現在的他。」

「不好意思。」吟遊詩人插話道，「恐怕要打擾你們其樂融融的談話，那邊有麻煩過來了。」

瑟爾循著他指的方向看去，只見洛克城城主正帶著一群人朝他們這邊走來。

「冒昧打擾。」在這種時候，城主還不忘保持這一份禮儀，「請問您是？」

「你可以叫我薩蘭迪爾。」

「又一個薩蘭迪爾……」城主低聲咕噥一句，「好吧，暫且不論您身分的真假，但是對於眼下的局面，閣下您難道不該給我們一個解釋嗎？」

「解釋？」瑟爾重複了一遍他的話，「你們想要什麼解釋？」

「我們親眼看到了您的同伴帶走了商品！你們還破壞了會場，讓我們的交易變成一場空。」

有一個人帶頭，剩下的人就全部變得活躍起來。

「我們需要賠償！」

「這種行為是盜竊，是違法的，按照法律那是屬於我們的合法財產。」

瑟爾聽著這些人口口聲聲將混血們說成商品，精明地運用洛克城的法律來維護自己的權利，不由得從喉底發出一聲嗤笑。

「法律？誰制定的法律？」

城主剛要開口，瑟爾卻打斷他：「剛才惡魔在這裡大肆破壞時，為什麼沒有人上前對他叫囂法律？」

「那不一樣。」有人忍不住辯駁，「那是無法溝通的惡魔啊，我們又不會去自尋死路。」

瑟爾對他微微笑了一下，「但你們現在就在自尋死路。」

其他人還沒聽懂這句話，他身後的黑袍法師忍不住輕笑一聲。

瑟爾沒有理會伯西恩的笑場。

「你們懼怕惡魔，所以不用所謂的法律去規制他，因為他遠比你們強大。那麼你們憑什麼認為，打敗了惡魔的我會聽從你們的規制？」

精靈銀色的眸子裡閃爍著譏誚，「從邏輯上來說，難道我不是比惡魔更可怕的事物嗎？」

人群像是剛意識到這一點，齊齊後退一步，不敢置信地看向精靈。

城主結結巴巴道：「您當然不是那麼不講道理的……」

「我就是。」瑟爾不耐道，「按照你們對惡魔的看法，弱者服從強者。既然洛克城沒有人可以打敗我，那麼洛克城的法律就要聽從我的命令。我宣布，這場拍賣會裡沒有人損失任何商品，只有重獲自由的人！」

蒙特忍不住吹出口哨：「太酷了！你是最棒的，瑟爾。」

「謝謝。」瑟爾對他抬起嘴角，然後看向周圍的人，「還是說有人要來挑戰我？」

當然不會有人上前，能打敗惡魔的傢伙，哪是常人可以對付的。

瑟爾對此很滿意。

「那麼，我的法律在此生效。從今以後，洛克城不允許進行任何奴隸交易！」

布利安父女、蒙特、羅妮、吟遊詩人，還有在場其他營救混血的同伴們，都不由自主地歡呼起來。

伯西恩發現，這一刻的瑟爾眉目間重新恢復了當年的光彩。

「您這是強權……」城主憤怒道，「你這樣怎麼還配稱得上是傳說中的英雄？」

「我知道我管不住你們。」瑟爾從廢墟一躍而下，「只是你要記得，城主閣下，當你想透過任何『合法』手段進行你的奴隸貿易的時候，別忘記薩蘭迪爾和他的同伴們一直在看著你。」

精靈側過身，對著忿忿不平的人群輕聲加了一句：「以利也在看著你們。」

洛克城城主忍不住打了一個冷顫。

「你幹了一件大事。」伯西恩緊跟在他身後，「不用多久，全大陸都會知道薩蘭迪爾用近乎無賴的行徑，奪走了洛克城最重要的貿易管道。」

「那我還得感謝他們免費幫我宣傳。」

「奴隸貿易是永遠無法禁止的。」

瑟爾回答：「總有人為了利益鋌而走險，但是至少『合法進行奴隸貿易』的地方不該存在，也不該讓人們認為這種行為是合法的。」

「你這是斷了整個城市的生路，沒有人會感謝你，反而會引起別人怨恨……」

精靈終於不耐煩地看向法師，「你想說什麼？」

黑袍法師對精靈露出了笑容，真摯而無私，讓他陰鬱蒼白的面容都因此變得年輕許多。

「我想說，你做得很好。」

瑟爾第一次被伯西恩這麼直白地表揚，一時半會回不過神來。他警惕地看著法師，開始懷疑這傢伙是不是別有居心，不然嘴會這麼甜？

伯西恩笑了笑，不經意地說：「如果有些人能早點遇見你，或許就會改變他們的一生。」

瑟爾的腳步停了下來，「你指誰？」

「這座城市裡的混血、白薔薇城的居民還有特蕾休，他們都是被你改變了命運的人。」伯西恩的黑眸溫和地看向他，「你就像一個真的救世主，瑟爾。」

那時，精靈突然想問他：那你呢？

他最終沒有開口，且再也沒有機會。

光與暗之詩

DEAR MY THRANDUIL

CHAPTER THIRTY TWO

冠冕

「知道他祕密的人一個接一個死了。」

光焰下，幾個隱隱約約的聲音在牆壁上留下斑駁的影子。

他們聽到一個與會者帶來不怎麼令人愉快的消息。

「不能再這麼下去了。」有人出聲，那聲音沙啞得像被風沙侵蝕過。

「我們給了他可以攀爬的支架、遮風擋雨的住所以及肥沃的土壤，他卻像一棵毒荊棘，開始腐蝕身後的大樹。至少我們得要讓他知道，這棵巨樹遠比他想像的遮天蔽地，不是那麼容易被侵蝕的。」

「這可不一定。」另一些人卻持相反的意見，「如你所說，他是一棵長滿刺的荊棘，他的對手是那些風雨和瓢蟲，而不是我們。他是個聰明人，知道與我們作對是什麼下場，而與他鬧翻，我們會損失一位珍惜的人才。」

「是嗎？那在洛克城發生的事……」

祕密會談室裡開始響起不同的意見。

「夠了，安靜！」一個蒼老的聲音傳來。

聲音的主人似乎很有威信，在場的人都停下爭執，靜靜等待他開口。

「不妨靜觀其變。」這個聲音說，「我們可以再給他一次機會，看他究竟會如何選擇。」

燈影綽綽，所有爭執都平息下來。漸漸地，密室裡傳來竊竊私語的聲音。

「是的。」

「這是最後一次機會，希望他會做出正確的決定。」

「伯西恩．奧利維……」

†††

「伯西恩老師？」阿奇．貝利看向提問的人，「沒有，我也好久沒看到他了。」

「你們不是一起出去試煉了嗎？還一起回來學院，現在老師去哪裡了，你會不知道？」提問者滿臉狐疑。

阿奇哭笑不得道：「我又不是一整天都和他在一起，我怎麼知道他的動向？」

「是嗎，阿奇？可是你祖父是貝利大法師，伯西恩老師如果是因為執行學院的任務而外出，你至少也該有些消息吧？」

又來了，簡直受夠了！出生十六年來，阿奇聽過這種論調不止一次。

你祖父是貝利大法師，你對法術的知識應該掌握得很深厚吧。

什麼，你不擅長？那不可能，你可是大法師的孫子！

你祖父是貝利大法師，你應該知道很多我們不知道的消息吧。

不知道？不願意說就算了，我們又不會強迫你。

說實話，「貝利大法師的孫子」這個身分為阿奇帶來了無盡的煩惱。他就是一個行走的「貝利大法師孫子」的標誌，而不是阿奇．貝利本人。十幾年來，唯有在前幾個月被伯西恩老師半脅迫地劫持外出時，他感覺到了那麼一點自由。

他現在特別懷念那段時光。

自從回到學院以後，一切都變得索然無味了，也不怎麼能見到伯西恩老師。黑袍法師就像神祕消失了一樣，總是不見蹤影。

說到神祕消失，阿奇想起了「預言者奧利維」消失的那一座法師塔。

之前薩蘭迪爾來向他問路時，阿奇根本不知道那位深居隱出的奧利維法師已經失蹤了，學院根本沒有對外公開這件事。這反應有點奇怪，好像是深怕被人發現。

學院在隱瞞什麼呢？

「唉，要是知道伯西恩老師在哪裡，說不定也可以知道薩蘭迪爾的消息。」阿奇猛地抬頭看向說話的人。

「為什麼這麼說？」

「你不知道嗎？現在白薔薇城和洛克城都已經傳得沸沸揚揚了。所有人都在傳，出現在薩蘭迪爾身邊的那位法師就是伯西恩老師呢，畢竟他也是奧利維嘛！」

瑟爾選擇在黎明時離開洛克城。這一次，他們是為了尋找艾斯特斯和特蕾休而來，現在人已經找到了，洛克城的人口販賣網也算是摧毀了，沒有繼續留在這裡的必要。

他們離開的時候，瑟爾問了一下羅妮之後的打算。

「我會繼續跟著隆恩的傭兵團遊走大陸。」持劍的少女說，「以前我的眼中只有利西貝坦家族，現在，我想去看看這整個世界。」

瑟爾想要問她，那妳還打算回白薔薇城嗎？妳的母親呢？

但是他看見少女堅毅的臉龐，最後什麼都沒有說。這都是羅妮自己的事，她會安排好，她已經不再是那個為維護家族的榮耀，近乎偏執的少女了。

「你們呢？」瑟爾看向其他人。

「你幫我找到了女兒，那我要幫你找到你要找的人。」布利安說，「我會一直跟著你，直到幫你找到預言師奧利維。」

「我暫時也不想回風起城，跟在你身邊比留在城裡好玩多了。」蒙特聳聳肩。

伯西恩不在詢問的範圍內，黑袍法師又一次不告而別了。

經歷了這麼多次後，瑟爾對他的突然出現和離開都見怪不怪了。他看向最後三個人——不，三個精靈。

「艾斯特斯，我聽說你把『冠冕』弄丟了。」

艾斯特斯原本緊張地等著瑟爾會與自己說些什麼，沒想到一開口就是一句質問。

精靈王儲微微漲紅了臉，感覺自己像一個做錯事，正在被長輩責問的孩子。可是自然女神在上，這個自他出生起就沒見過面的兄長，到現在都沒正眼看過他的兄長，又算是什麼長輩？

所以他說：「那和你有什麼關係？『冠冕』已經不再屬於你了。」

氣氛頓時變得有點僵。

阿爾維特捣著額頭嘆息一聲。經過這段時間的尋找和相處，精靈們都明白了薩蘭迪爾的為人，他絕不是傳說中的叛徒那麼簡單。事實上，他們都有些崇敬瑟爾，阿爾維特覺得王儲殿下說得太過分了。

艾斯特斯的臉更紅了，似乎有些懊悔，又不知道該怎麼改口。

「的確不屬於我，但是作為族群的一分子，我想我還是有資格詢問一下。」令人意外的是，瑟爾並沒有因此生氣，「何況，我還有一件事要求你幫一下忙。」

「……嗯。」艾斯特斯瞬間有些不好意思了，「其實『冠冕』已經找到了，但是我現在拿不回來。」

什麼意思？所有人順著他手指的方向，看向特蕾休的頭頂。

混血女孩無辜地眨著眼睛，而在她美麗的銀黑色長髮間，一個小巧精緻的花冠正點綴在她頭頂。那小小的花冠用某種樹枝的細枝編制而成，間隙點綴著一些可愛的粉白色小花。

「難道這就是『精靈冠冕』！」蒙特驚訝，「太簡……咳，樸素了吧？」

「『冠冕』是會隨著佩戴者改變的。」瑟爾解釋說，「至少精靈王戴著它時，我看見的是一頂美麗的銀色王冠。」

他在此時沒有稱呼「父親」，而是用了疏遠的稱呼。艾斯特斯不免多看了他一眼。

「為什麼特蕾休會戴著它？」蒙特又問，「他說拿不回來是什麼意思，不能摘下來嗎？」

「事實上，『冠冕』也有一定的自我意識，它是自然女神的分身之一。如果它自動選擇了佩戴者，就說明這個人可能會是下一任的精靈王，或者……」

「才不是那樣！」艾斯特斯厲聲反駁，「樹海怎麼可能由血脈不淨的混血繼承！」

蒙特看著這個有些欠揍的精靈王儲，笑而不語，然後繼續問瑟爾：「或者？」

「或者，佩戴者是它認定的下一任精靈王的伴侶。」

艾斯特斯的臉色變得更難看了。

蒙特笑呵呵道：「這可是自然女神做的決定呢。看來，在讓特蕾休繼承王位或者讓她成為你的妻子之間，你必須做個抉擇呢。」

布利安幾乎和艾斯特斯同時抗議道：

「我怎麼會把我的女兒嫁給他！」

「我怎麼會與一個混血結成伴侶？」

兩人異口同聲，都表達了強烈的不願意。

瑟爾卻不關心這件事，他走到特蕾休面前，摸了摸女孩的腦袋問：「可以把妳頭上的小花冠借我用一下嗎？」

特蕾休乖乖地點了點頭。

正在爭吵的人都安靜下來，他們看著「冠冕」曾經的擁有者從特蕾休頭上輕輕摘下了花冠。

那花冠落到瑟爾手裡，瞬間就變了模樣——一枝枯敗的藤蔓上點綴著星沙草的花瓣，衰亡與鮮活，死亡與新生，同時交接在一起。

艾斯特斯瞪大眼睛，他從來沒見過「冠冕」變成這副模樣。

瑟爾開始祈禱：「荷爾安娜，荷爾安娜，原諒我打擾妳的睡眠。」

他雙手捧著「冠冕」，濃厚的自然氣息逐漸蔓延，從花冠上漸漸生長出新的綠色藤蔓，似乎正回應著瑟爾的祈禱，輕輕搖擺。

「請告訴我，我的摯友奧利維現在在何方？他是否安全？」

自然女神的一個神職就是司掌大地眾生，她掌握著這個大陸上所有生命的氣息，只要是還沒有墮入亡府的死者，都會被她感應到。這也是瑟爾之前執著要找到艾斯特斯的原因。

然後，所有人都聽見了回答。那是一個清透的女聲，帶著空遠的回音在眾人耳畔響起：「他已離去，卻依然存在。他離去時被黑色吞噬，已聽不見你的呼喚；然而他依然存在，以他的每一寸血肉守護你——他就在你身邊。」

光與暗之詩

DEAR MY THRANDUIL

CHAPTER THIRTY THREE

野果

自然女神的回答有些耐人尋味。

「至少不算是一個壞消息。」布利安安慰瑟爾，「她說他還在你身邊，是不是意味著你們還可以見面？」

其他人也紛紛表達意見，但是瑟爾的臉色不好看。

「我看未必。」一個突如其來的聲音插入眾人的討論中，「『被黑色吞噬』這句話可能意味著他已經死亡，又可能暗示著墮落至深淵，『以每一吋血肉守護你』聽起來也不那麼吉利。我認為預言師奧利維已經死了。」

誰說話這麼不會看眼色！就不知道看一下氣氛嗎？

然後眾人看到了水藍色長髮的吟遊詩人。

蒙特問：「你怎麼在這裡？」

「城門口只允許你們走嗎？」吟遊詩人反問。

他揹著豎琴，又換了一身衣服，與瑟爾他們幾個行色匆匆的人比起來，反倒是吟遊詩人最整潔乾淨。

「你們給他希望，最後又讓他面對絕望的現實，豈不是很殘酷？」吟遊詩人尼爾看向瑟爾，「還不如一開始就告訴他最壞的結果，也好有一個心理準備。」

「謝謝。」瑟爾說，「我想我已經做好了準備。如果他已經死去，我會為他報仇；如果他被惡魔引誘墮向深淵，我會親手解放他。」

其他人沒有說話，他們都知道對於找了奧利維那麼久的瑟爾來說，自然女神的回覆無論如何都不能說是一個好消息。

只有尼爾說：「說實話，預言師奧利維能活將近兩百年，在人類中已經是很令人驚訝的長壽了。我認為這可能和他的家族祕辛有關，可惜小奧利維已經死了，不然也許你可以向他打聽一下奧利維家族的消息。」

想起小奧利維的死，瑟爾覺得還是有幾點疑點。比如他是從哪裡得到幾乎絕版的惡魔召喚卷軸？又是誰教他錯誤的召喚方式，以至於召喚沒有完全成功？還有那三個法師的死亡也很奇怪，像是被人故意滅口了。

瑟爾輕瞥了艾斯特斯一眼。關於這一點，他得私下找時機和親愛的弟弟談談。

一行人沒人有坐騎，但說話間也已經遠離了洛克城。他們站在洛克城外城市與森林的交界線上，面臨選擇：是要向北進入矮人王國，或者是向西進入西方樹海？當然也可以繼續南下，越過艾西河和獸人山麓回南方聯盟，而瑟爾可以選擇回聖城。

「我暫時還不想回伊蘭布林。」瑟爾說，「我要繼續尋找奧利維，無論找到的是他的屍體，還是已經墮為惡魔的他。」

「那你打算如何找他？」蒙特問。

「我希望你跟我回樹海一趟！」不等瑟爾想好，艾斯特斯先搶先一步。

「什麼？」除了在場的幾個精靈外，另外幾個人都十分吃驚。他們怎麼也沒想到艾斯特斯會提出這個要求——瑟爾可是被精靈王放逐出來的！

「你特地離開樹海來找我。」瑟爾的銀眸顫了顫。

回到故鄉，這個願望究竟在他夢中出現了多少次呢？

他沒有立即表態，而是看向年輕的銀髮精靈，「難道是樹海發生了什麼事？」

艾斯特斯沒想到他那麼敏銳，只能道：「我不能現在就告訴你理由，而且我也是背著大家離開樹海來找你的。可能其他人不會歡迎你，但我依舊希望你能回去，因為我覺得只有你回到樹海才能解決一些問題。」

「哪有這樣的要求！發生了什麼事你不願意說，對瑟爾也不願意坦白。當年是你們把他趕出來的，怎麼，現在遇到麻煩了，又想來找他幫忙？」蒙特有些嘲諷道，「精靈們也這麼厚臉皮嗎？」

艾斯特斯和阿爾維特都覺得臉上發燙，無話可說，只有最年長的那位女性精靈開了口：「雖然我們知道這的確是有些過分的要求，但是……」

「不用說了。」瑟爾打斷她，女性精靈臉上不由得透露出悲哀。

「我會回去。」

「瑟爾！」

「你瘋了嗎？」

其他人抗議，吟遊詩人也冷笑道：「回去時迎接你的，可能是弓箭和流矢。」

艾斯特斯駁斥：「我不會讓他受傷！」

眼看這兩人又要吵起來，瑟爾無奈地揉了一下眉心，道：「不用爭了。如果樹海發生了什麼事而我沒有及時趕到，我一定會後悔終生，所以我一定要回去一趟。」

「哪怕回去面對的是同族的武器？要知道，當年戰死在獸人山麓的一千名精靈還有數千名親友留在樹海，他們會憎恨你。」尼爾問。

「憎恨我有什麼關係？畢竟我還活著，而他們的親人已經死了。如果憎恨我能緩解失去摯愛的痛苦，我甘之如飴。而且尼爾你不了解精靈，他們不會憎恨我，只會對我感到失望。」

而那份失望，對曾背負著所有精靈的期待和信任的瑟爾來說，比憎恨更沉重。

最後還是布利安拍了拍手，打破沉重的氣氛。

「既然已經決定去樹海，那我們就得向西走！前方就是最後一個村莊，我們可以去買幾匹坐騎，畢竟接下來的路途十分遙遠。」

「說的也是，我還沒去過精靈樹海。不知道那裡的純血們看到我會不會直接一箭射過來？」蒙特把雙手放在腦後，懶洋洋道。

瑟爾看著這些新的同伴，銀色的眼睛裡染上笑意，就像是一百多年前，他與奧利維、南妮他們第一次去冒險一樣，此刻他的心中充滿了力量。這又讓他懷念起了離開數月的雷德和聖騎士們，不知道他們回到聖城後，一切可還好？

最後，他說：「那就走吧。」

然而，他們的旅程才剛開始，就又遇到了意外。在即將靠近洛克城的最後一個人類村莊時，視力好的半精靈眨了眨眼睛。

「那是什麼？我好像看到很多……」

「很多混血聚集在村莊入口，你沒看錯。」吟遊詩人尼爾代替他說完，並走到了隊伍前列，「他們在等待你，薩蘭迪爾。」

他遺傳自精靈血脈的翠綠色雙眸靜靜望來。

幾乎所有繼承了精靈血脈的生命都有這麼一雙眼睛，然而他們的綠各不相同。蒙特的眼睛像是翠綠寶石，總是閃爍著瑩瑩光芒，掩藏著生機與敏銳；阿爾維特的眼睛是清脆的綠葉，那是在西方樹海最接近陽光的大樹枝葉的顏色；艾斯特斯的眼睛並不是藍色，瑟爾也不是。吟遊詩人的眼睛則好似綠葉掩映下的深潭，乍看是深綠，其實藏著絲絲縷縷的黑色。

這或許和他們每一個人的性格和經歷有關。

瑟爾早就知道，這個四分之一混血的吟遊詩人不像蒙特，更不像艾斯特斯，他天生比別人見識過更多黑暗，也失去了信賴他人的本能。然而此刻，這雙像深潭碧波一樣的眼睛裡，瑟爾竟看到了一絲脆弱的仰望和期待。

他說，他們在等你，薩蘭迪爾。

瑟爾的視力比蒙特更優秀，他看出了那群聚集在村莊入口的混血的身分。他們有的有著人類的臉龐、獸人的耳朵，有的和蒙特一樣是殘缺的尖耳，有的個子矮小、像個孩童，臉上卻蓄滿了鬍鬚——是洛克城中那些得到自由的混血。

「你破壞了洛克城的奴隸貿易，拯救了他們，但是他們也無處可去。」吟遊詩人說，「他們沒有家鄉，沒有親人，根本無法得到一份足以維持生計的工作。甚至在你離開之後，他們可能會立即受到洛克城城主的追捕。」

艾斯特斯蹙起眉頭，看向那群混血。他們基本上都是年輕人，身體健全，四肢齊備。薩蘭迪爾救了他們，卻沒必要負責他們的人生，難道他們找不到糊口的方法？

精靈王儲將問題看得太簡單了。這些曾經被當做奴隸交易的混血，的確大都是青壯年，然而他們沒有身分、沒有土地、沒有技能，還是從洛克城逃離的「商品」。任何一個國家和城市都不敢公開收留他們，而這一群無主的青壯年力量四處流竄，對其他國家也是一種威脅，放任不管的話，他們可能很快就會遭到清繳。

然而，換一種說法，這些年輕人都有不錯的適應力，只要有人可以給他們一塊安身立命的土地、一個可以合法生活的自由身分，他們會創造出價值。

瑟爾就是他們的救世主，他們是來投靠的。

然而這一群人就是燙手山芋，瑟爾打算怎麼辦？

這時候，村莊前的人群騷動起來，他們注意到了瑟爾一群人。

「薩蘭迪爾大人！」

「是薩蘭迪爾大人。」

他們雀躍期待，好像流浪已久的野犬終於看見了一個願意收留他們的主人。

「我可以讓人把他們帶到風起城。」蒙特說，「他們在那裡可以自己生活。」

然而，曾經被當做奴隸的混血和風起城的混血是格格不入的，瑟爾很清楚。對曾經被圈養過的羔羊來說，混亂的風起城說不定是比洛克城更讓他們畏懼的地方。

「我們為您帶來了食物，還有水！都是在附近的山林裡摘取的，新鮮的。」

一個有著毛茸茸獸耳的年輕人小心地靠過來，遞來一個果子。

「您要吃嗎？」他的眼睛裡有著期待，有著害怕。

瑟爾看著那被人仔細擦乾淨的果實。

那是一種山林中常見的野果，不甜美，汁水也不多，連飛鳥走獸也很少願意採食。

年幼的瑟爾曾經懵懂地問，為什麼自然女神要創造這樣的果實，既不好看也不好吃。後來瑟爾才知道，正是這種貌不驚人的野果，十分能果腹也方便儲存，也因為生命力旺盛，從來不會被採絕，對流民而言這就是最好的食物。

瑟爾接過果實，輕咬了一口，久違的酸澀味在口齒間蔓延開來。

『瑟爾，每一個生命都有它存在的意義。』

是的，爸爸，也許我生命的意義，就是一次又一次和這樣的人相遇。

他幾口啃光果實，握住年輕人粗糙的手。

「跟我走吧。」薩蘭迪爾說。

光與暗之詩

DEAR MY THRANDUIL

CHAPTER THIRTY FOUR

艾西

從洛克城和矮人王國的交界處再向西走百里，能看到一整片鬱鬱蒼蒼的橡樹林，漫山遍野的橡樹鋪散著它的樹冠，將群山都掩映在翠綠色的深海之中。

傳說，在這片橡樹林的最中心有一棵千年歲數的巨橡樹，它的生命幾乎和精靈王相同，見證了樹海裡一代又一代精靈和德魯伊的成長。

越過這片茂密的橡樹林，沿著艾西河的主流往上行去，便可以看到一望無際的寬闊平原。平原上沒有什麼別的植物，只有成片成片的灌木。聽說這些灌木一百年才長高一吋，而那些已經高過人的灌木都有自己的靈魂，會分辨敵友，入侵者將永遠迷失在這片灌木叢林裡。

「越過灌木之森繼續向西，便是艾西河的源頭，在河流源頭之後才是精靈樹海，那是世界的極西之地。」吟遊詩人說到這裡，吞嚥了一下乾澀的喉嚨。

蒙特啪啪啪地為他鼓掌，話裡卻夾槍帶棍的，「說的不錯！了解得這麼詳細，我差點以為你是生長在這裡的純血精靈呢。」

尼爾瞥了他一眼，「對於即將前往的目的地，多搜集一些資訊能以防萬一。我認為這是基本功，無須別人提點。」

半精靈的臉色變也不變地諷刺回去：「是嗎？可我們身邊明明有真正的樹海住民，幹嘛還要花費力氣去做這些無用功？」

兩雙翠綠色的眼睛彼此瞪視，誰都不服誰，誰都不願意認輸。

「蒙特！」特蕾休過來抱住半精靈的手臂，長長的尾巴又在尼爾手邊掃了一下。那就像一把小刷子，掃進了心裡。尼爾看了狼女孩一眼，閉上了嘴。

「不許吵架！瑟爾會生氣的。」

蒙特笑著一把抱起小女孩：「聽妳的。不過瑟爾呢，妳沒有跟著他？」

特蕾休搖著頭，有些委屈道：「他去後面了，不讓我跟著。」

半精靈循著混血女孩的視線往後面看去，只見一道長長的隊伍正延伸至橡樹林之外。隊伍的前排已經進入了林子，隊伍的尾端卻還在林子之外。

這是一個龐大的遷徙隊伍。蒙特嘆了口氣。

「不讓妳跟去是對的，身後那群人可是魚龍混雜。」

瑟爾決定收留這些流浪混血的時候，就已經預見了之後的麻煩。然而，對他而言最大的麻煩卻不是這些無家可歸者，而是他親愛的弟弟。

艾斯特斯認為好心收留這些流浪人員對他們已經是一種恩賜了，但誰知道這些人盡為瑟爾招惹麻煩。他們雖然年輕力壯，但是都沒有在野外生活過的經驗，而獲得自由的興奮，又讓他們忘記了警惕之心。僅僅最初三天，因為誤食毒果和被野獸襲擊而受傷的就有十幾人，光為了救治和教導這群人野外生存的知識，他們就已經三天三夜沒闔眼了，而現在，瑟爾竟然說要帶著這些混血去樹海！

「絕對不可以！」艾斯特斯說，「樹海是我們守護家園最重要的防線，讓這些人進入，誰知道他們會招惹來什麼麻煩。」

瑟爾難得耐心道：「我並不打算讓他們進入樹海的核心，只是想把他們安置在橡樹林。這群混血裡有三分之一都有精靈血統，在靠近樹海的地方生活，對他們的身體恢復有好處。」

「那還有三分之二是獸人和其他種族的混血！」艾斯特斯反駁道，「即便是精靈血統的混血，他們也沒有從小接受我們的教育，不像我們一樣對家園懷有感情。我可以想像，他們會對這片橡樹林造成多大的破壞。」

「我會管束他們的，布利安也是。」見艾斯特斯還要表達反駁意見，瑟爾搶先開口，「直到兩百年前，我們還允許半精靈在樹海學習，還可以和混血通婚，而現在竟然連他們靠近橡樹林都不允許。他們沒有接受教育，對樹海沒有感情，這到底是誰的錯呢？」

艾斯特斯啞然，但他不認為自己對待半精靈的政策是一種錯誤，而有這種想法的精靈在樹海之中也不止他一個。經過一百五十年前的那次戰爭，精靈們不再一味的仁慈，他們對外界多了警惕和戒備，也減少了交流與溝通。

這種情況是瑟爾從未預料到的，他美麗的銀色眸子沉了沉，那場戰爭終究是他的責任。他嘆了口氣，伸手拍了拍艾斯特斯的肩膀。

「我們可以讓他們在橡樹林工作，作為讓他們住下來的條件。這些人都能踏實地工作，他們可以幫助德魯伊種植新的橡樹苗，可以作為護衛隊巡邏橡樹林，防止其他居心叵測的人入侵。畢竟守護整個樹海，光靠德魯伊和我們是遠遠不夠的。如果你不放心，我們可以給他們一個月做試用期。」

布利安在一旁點頭，「我可以去覲見這裡的德魯伊長老、提出這個要求。」

艾斯特斯看了這個獸人一眼，雖然他持有「自然之心」，可畢竟是個獸人，去覲見德魯伊長老能不被趕出來就不錯了。然而，瑟爾放在他肩膀上的雙手彷彿有一種奇特的力量，讓他心裡的不滿和懷疑全都化作另一種情感。

瑟爾的手是溫暖的。艾斯特斯微微紅著臉，終究沒有再說出反駁的話。

有了現任精靈王儲的默認，瑟爾去將這個好消息告訴所有跟隨他的混血們。人群中傳來了哭泣和歡呼，是為終於有了落腳之地的歡呼，也是經歷多年苦難後，再得歸宿的淚水。

阿爾維特在旁看了這一幕，搖搖頭：「艾爾根本無法拒絕薩蘭迪爾殿下。」

女性精靈看著被人群簇擁的瑟爾，微微一笑，「或者，根本沒人可以拒絕他。」

解決了這一群混血的住處和去向，接下來就是具體操作了。布利安和自告奮勇的阿爾維特負責去聯絡橡樹林裡的德魯伊，安排這一件事，而瑟爾他們要繼續向樹海深處行進。

在與分頭行事的同伴們告別之後，他們又踏上了路途。

橡樹林作為樹海的第一道防線，無論是規模還是地形的複雜度都屈指可數。直到第三天，瑟爾他們才離開橡樹林，踏入了灌木之森的邊緣。

灌木之森，也叫作「安魂之墓」，這裡種植著名為「安魂樹」的灌木，是所有德魯伊和精靈友人的墓地。在這片墓地之後，就是艾西河之源了。

「你們知道艾西河為什麼叫這個名字嗎？」

作為死皮賴臉地跟著隊伍的一員，吟遊詩人尼爾總是忍不住賣弄他的學識，幸好他還有一個特別捧場的學生。

「為什麼？」特蕾休眨著眼睛問。

「傳說，艾西是一個神祇的名字，在遠古的大陸，世界上只有高山、平原和大海，陸地上沒有水源，所有生命都將乾渴而死。善良的艾西不忍心看到這麼多生命滅亡，便以自己的神力為祭，將身軀化為河流，從此為大陸提供源源不斷的潔淨之水。」

「那艾西呢，他死了嗎？」

尼爾沒有說話，只是摸了摸特蕾休的腦袋。

混血女孩明白了什麼，眼眶紅了起來，轉過身去抱著瑟爾的大腿：「瑟爾不要化為河流，不要死。」

瑟爾失笑，不知道女孩怎麼將傳說聯繫到自己身上的。他彎下腰抱起特蕾休，安慰道：「不會的，我又不是神。」

話說到這裡，他自己也忍不住停下。

瑟爾想起了沃特蘭和赫菲斯，這一對的結局說不上好，而前任的火神與水神也不明不白地隕落了。艾西河的傳說，瑟爾曾經聽過無數遍，然而在今天，他卻突然有了不一樣的感受。

神明究竟意味著什麼呢？傳說裡幾乎沒有永生不死的神，神的名號永遠不變，但是實際坐在神座上的神卻是代代更換。曾經的神祇不是力量衰亡後隕落，就是為各種原因丟了性命。唯一能說是長生的，大概只有以利和都伊。

但以利是世界的造物主，本就該和世界同壽，那光明神都伊呢？他的力量似乎永遠沒有衰落過，都伊的聖騎士們也一直都是大陸上最強大的力量。這讓瑟爾開始對神明的本質開始思考，所謂神明，是否只是力量強大到極點的個體呢？神的死亡又意味著什麼？

掛在腰間的長劍傳來冰冷的溫度，上面的鏽跡似乎又多了一層。瑟爾已經很久沒有聯繫以利了，目前也沒有這個打算。實話實說，他覺得自己和以利不過是雇主和雇員的關係。在赫菲斯的事情後，瑟爾更加不信任那個偉大的造物主。

瑟爾抱著懷中的混血女孩，一邊走一邊思考，突然想起一件事，不由得渾身發冷。

他想起來，第一任精靈王也叫艾西。

「天氣不錯。」揹著短弓的年輕精靈輕盈地越過艾西河，對身後的伙伴招呼。

「過來，塔雅！」

塔雅對他呲了呲尖牙，幾下縱躍也到了河的另一面。牠優雅地漫步在河邊，時不時用自己金色的眼睛掃過一旁的精靈，喉嚨裡發出舒適的呼嚕聲。

作為成年的試煉，菲西被分配到一個巡邏艾西河畔的任務，只有順利巡邏一個月並不出差錯，他才能成為部族中得到認可的戰士。菲西十分重視這個試煉，每次巡邏都會帶上自己的動物伙伴——獵豹塔雅。

在一百零一歲那年，初出茅廬、接受德魯伊訓練的菲西一眼就選中了塔雅。現在他已經一百五十歲了，是個成年的大人了，而塔雅也五十多歲，早已超出了獵豹該有的壽命，但是因為與菲西簽訂了生命契約的關係，這隻敏捷又強壯的獵豹至今仍然很健康。

塔雅很聰明，牠知道菲西的任務是什麼，並且作為伙伴忠心耿耿地幫助菲西完成試煉。有時候看著獵豹在河畔巡邏的嚴肅模樣，菲西都忍不住想，這個試煉其實只要讓塔雅來就夠了吧，他簡直成了多餘的。

獵豹的身體動作突然變了。

「怎麼了？」

塔雅四肢的肌肉繃起，做出隨時都能撲倒敵人的姿勢，喉嚨裡發出呼嚕嚕的威脅聲，緊緊盯著前方。菲西將箭矢搭上弓弦，有些緊張地喝道：「什麼人！」

精靈樹海從來沒有被外人闖入到這麼接近。周邊有德魯伊們的橡樹林和灌木之森的二重防線，菲西難以想像究竟是多強大的敵人，才能闖進這裡！

他握著短弓的手開始冒出細汗，想讓塔雅回去通知同伴，自己留在這裡阻擋敵人的腳步。他的箭已欲離弦而發，身旁的塔雅卻漸漸放鬆了防備。獵豹收起牙齒，尾巴又開始輕鬆搖擺起來。這一次，牠喉嚨裡發出的咕嚕聲竟然像在撒嬌。

菲西不敢置信地看向塔雅，有一種被背叛的錯愕感！

「塔雅？」

「菲西。」

灌木林邊緣傳來一聲呼喊，隨即一個熟悉的人影走了出來。

「是我。」艾斯特斯看著年輕精靈，「菲西，今天是你巡邏艾西河？」

「艾斯特斯？」

熟悉精靈王儲的同伴們從來都是直呼他的名字，菲西也不例外。在看到失蹤已久的王儲的那一刻，他放下弓箭，把什麼都忘了。

「你去哪裡了？你知不知道大家有多擔心你！要不是陛下不允許，我們都準備派一支小隊出去找你了。」

艾斯特斯本來還有一些愧疚之色，然而在聽到後半句話時，臉色卻變了。

「為什麼不允許？」他像一個鬧彆扭的青春期兒子，「父親是怎麼說的？」

「陛下說……」菲西想了想，還是誠實道，「『離家出走是他自己的本事，為什麼要把他找回來？』大概就是這個意思。」

當然，精靈王不會說得太直白，然而當時在場的所有精靈都聽出了話語裡的深意——傻兒子跑就跑了，不要去找。

看見艾斯特斯臉色不好看，菲西安慰他道：「大概陛下明白你的實力，所以才不會替你擔心吧。」

他根本就不在乎我！艾斯特斯正想發作，身後一隻手輕輕放到他肩膀上。

「他說的是對的，父親不擔心你，一半是因為他放心你的實力，另一半是因為他知道我會帶你回來。」瑟爾的一句話就打消了艾斯特斯心中的不滿。

說起來，艾斯特斯的傲慢與刻薄其實只是一種偽裝，只要他在乎的人多關心他就可以輕易剝下這一層尖銳的刺，露出他柔軟的內心。然而，精靈王沒做到這一點。

這讓瑟爾很疑惑，因為在他印象裡，精靈王是個十分稱職的父親。

「你……你們是誰？」

菲西警惕地看著這一群陌生人。雖然這些人看起來都有精靈血統，然而除了艾斯特斯，他一個都不認識。

等等，這個銀髮的傢伙是誰，為什麼有點面熟？他剛才叫精靈王什麼……

在菲西之前，獵豹已經先認出了瑟爾。牠趴著兩隻前腿到瑟爾的腰上，毛茸茸的大腦袋親暱地蹭著精靈的胸膛。

瑟爾一下子就認出了她，驚喜道：「塔雅，妳都長這麼大了！上次我見到妳時，妳才趴在我手心裡。」

獵豹咕嚕嚕地蹭著瑟爾，用舌頭舔著精靈的下巴，把瑟爾逗得不停地笑。除了菲西以外，在場的精靈、半精靈、四分之一混血都驚呆了。菲西從沒見到塔雅和誰這麼親密，其他人則是從沒見過瑟爾笑得這麼開朗。

蒙特愣了一會兒，最先意識到什麼。他看著瑟爾，心情複雜地道：「這裡是瑟爾的家啊。」

回到家的人，心情總比在別處輕鬆。

菲西直到此時才反應過來：「瑟爾……瑟爾？薩蘭迪爾！那個被陛下趕出樹海的前王儲！」他看著銀髮銀眸的瑟爾，不知道該擺出什麼表情，激動和警惕混雜著，讓他俊美的臉龐都有些扭曲了。

艾斯特斯不滿道：「我親自把他帶回來了，你卻要把他趕出去？」

「不，不是。」菲西說，「但那畢竟是陛下的命令。」

「不用擔心。」還是瑟爾為這個巡邏的年輕精靈解圍。他挑了挑眉，看向已經隱隱約約出現部隊身影的艾西河另一畔，「已經有人提前回去通知你們的陛下了，而且說不定……他比任何人都更早知道我回來了。」

那個總是跟在艾斯特斯身邊的女性精靈不見了，經過瑟爾的提醒，艾斯特斯這才想起他們同行了好幾個月，他竟然一點都不記得那個女性精靈的容貌和名字，好像她只是一個幻影，只在需要的時候出現。而精靈們所掌握的魔法中，的確是有這一種。

「那是父親布下的人偶。」艾斯特斯氣呼呼道，「他不派人出來找我，卻自己用人偶跟著我。」

不知道為什麼，蒙特和尼爾總覺得他說出這句話時，氣憤之餘更多的是開心和滿足。

瑟爾則靜靜注視著那些正在渡過艾西河的同胞。已經多久了，自他年少時離家，他有多久沒再見到這些親友了？最先是流連在外，不願回來，後來是流落在外，不能回來。

一個聲音總是在告誡他：『你還不能回來，瑟爾。』

那是他成長時，每晚陪伴他的聲音；那是他離開時，為他送上祝福的聲音。

當他離開，他走過高聳入雲的橡木林，走過流淌著星沙的艾西河，踏入低矮的灌木叢林。當他歸來，他沿著原路，卻再也沒有聽到那個送別他的聲音。

瑟爾的手忍不住攥緊，看著那群全副武裝的精靈跨過艾西河向他走來。最前頭的那一位已經不年輕了，即便是長壽的精靈，他眼角也有了細微的紋路。他容貌嚴肅地看向瑟爾。

「陛下已經告知我們，德魯伊那邊也傳來了消息。我們知道你回到了樹海，被驅逐者薩蘭迪爾。」

瑟爾放在身側的手顫了顫，艾斯特斯想要上前說些什麼時，他攔下了他。

「作為辜負了族群期待的繼承人，我們不應該歡迎你。」說話的年長精靈看著瑟爾，尖銳的眼神卻突然軟化下來，「但作為一個迷路的孩子，歡迎回家，瑟爾。」

他輕輕跳下麋鹿，用力擁抱住瑟爾，「你已經不是王位繼承人了，但永遠是我們的孩子。」

瑟爾十分意外，紅色迅速渲染了他的眼眶，他幾乎哽咽地抱住眼前的長輩，將腦袋埋進對方的脖頸，不願讓外人看見自己此刻的表情。

尼爾有些意外。沒想到在經歷了這麼多事後，這些精靈還願意包容薩蘭迪爾。

蒙特想了想，卻明白了，精靈們大概從來就沒有排斥過瑟爾，而是瑟爾自己心中沉重的枷鎖和負罪感，將他和族人隔離開來了。

「不過是不是有點奇怪？」蒙特道，「眼前這麼多人，除了這個大叔，好像都是小鬼吧。就年齡來看，我看比我年長的都沒幾個。」

那些或者徒步，或者坐在各自動物伙伴上的精靈，的確都很年輕，他們面容上還留著明顯的稚氣。

「而且巡視邊境的工作只交給一個剛成年的小鬼，」蒙特看了一眼菲西，「精靈族的其他人呢？」

精靈們可是十分長壽的，但他們幾乎沒見到一個壯年或者老年的精靈。這和艾斯特斯所說的，發生在樹海的意外情況有關嗎？

半精靈說話的聲音並沒有壓低，或者說，他是故意說給這些精靈們聽的。

擁抱瑟爾的年長精靈放開了手，看向他們這幾人，蹙起眉：「血統不純者。」

尼爾有些僵硬，蒙特卻挑釁地揚眉。

「看在你們是瑟爾的同伴份上，我不追究你無禮言語的責任，但是前方是樹海的核心，你們不可以進入。」這個看起來有些不近人情的長輩冷酷道，「我會讓菲西他們看著你們，一旦跨過艾西河，等著你們的就是流矢和刀劍。」

瑟爾沉聲道：「朵拉叔叔！」

「抱歉，瑟爾，但是現在不能出現任何意外。」王庭侍衛長朵拉貢看向瑟爾，苦笑著壓低聲音，「陛下已經……」

「精靈王已經時日無多！」黑暗的房間內，有人近乎歡呼道。

「這是最佳時機，要在這個老不死終於走向衰亡之刻，將屬於我們的東西搶回來！」

「伯西恩·奧利維，就遣派你去辦此事。」

†††

薩蘭迪爾回來了。

在他走進樹海中心的那一刻，橡樹、鳥雀，還有林中走獸們都奔走宣告著這個消息。

快跑，那個臭小子又要來拔我們的尾羽了！

他會拔掉我的牙齒。

他還會吃我們的肉呢。

老橡樹擺了擺枝幹，似乎害怕瑟爾又爬上枝頭，拔光它的葉子。

森林的動物們紛紛逃開。

當然也有不認識瑟爾，卻被他的容貌迷惑的小動物。一隻原本在覓食的長尾松鼠呆呆地望著瑟爾，就連手裡的橡果都忘記啃了。瑟爾從樹枝旁經過，順手摸了摸牠毛茸茸的尾巴。

「嘰！」松鼠尖叫一聲，抱著橡果幸福地倒了下去。

獵豹塔雅不屑地看了這小傢伙一眼，跟在瑟爾身邊用尾巴圈住他的手，像是在對林子裡所有的生靈宣告——這是我的！

像個混世魔王的瑟爾覺得大為快慰：「這裡還是和以前一樣。」

身後幾個人嘀嘀咕咕。

「這是怎麼回事，我覺得林子裡的動物都在躲著我們？」

因為沒有別人可以聊天，迫不得已，蒙特只能與尼爾搭話了。可是高冷的四分之一混血吟遊詩人依舊不願意理他，蒙特只能對他磨了磨牙。

這時候，一個意想不到的人來跟他搭話。

「因為牠們認識薩蘭迪爾殿下。」菲西說。

經過瑟爾再三擔保和懇求，蒙特和尼爾才被冷面的王庭侍衛長放了進來，即便如此，侍衛長也派了十幾個年輕精靈時刻監視著他們。菲西正巧在旁邊，也是監視者之一，而且他向來自來熟，此時就主動開口回答。

「樹海的動物都不普通，牠們的族群和德魯伊簽訂了契約。」菲西解釋道，「這讓牠們的壽命比普通的動物更悠長，也使牠們的記憶可以透過契約傳承。即便牠們死亡，下一代依舊可以繼承牠們的記憶和經驗。比如塔雅，我想薩蘭迪爾殿下見過的應該是前幾代的『塔雅』。」

蒙特對這個主動理他的年輕精靈還是很有好感的。

「精靈樹海裡的動物都是這樣？」

「是的。」

因此，即便薩蘭迪爾認識的塔雅早就不是眼前這一隻了，這一群獵豹卻依然記得他，並將這一份記憶代代相傳。

瑟爾當然也聽見了身後的對話，不僅如此，在菲西為混血們解釋的那一刻，他想起了伯西恩。

同樣是血脈相連，同樣傳承了記憶，伯西恩與奧利維之間不是和這些代代相傳的動物們很相似嗎？只不過，唯一不同的是，瑟爾了解動物們在想什麼，但他總是無法明白奧利維的心思——無論是哪一個。

「到了。」走在前面帶路的精靈停下腳步。

在他們面前，一群古老橡樹的環繞著一棵遮天蔽地的巨樹。

蒙特漸漸張大嘴，因為那棵巨樹實在太龐大了，他站在這裡根本無法看到樹冠的邊緣和頂端。

艾斯特斯走在最前方，此時轉過身來，碧藍色的眼睛閃閃發亮，像在介紹自己最引以為豪的珍寶一樣，對幾位外來者道：「歡迎來到自然女神的領域，碧翠之森。」

†††

梵恩魔法學院的低年級正在上神史課。所謂神明的歷史，也不過就像記載一個君王的生平一樣，講一講祂的出生、祂的戰鬥、祂的死亡。

「第一個死去的神是艾西。祂的身體化為河流滋潤大地，祂的靈魂成為世界的滋養。」授課的法師讀到這裡，闔上書，「這都是有信者們的說法。當然，我並非抨擊他們，只是作為知識的追求者，我們需要更理性、更全面的思考。」

阿奇身前的一個紅髮女學徒站起身來：「那麼老師！艾西的死亡是真實的嗎？」

「祂確實死了，這是有跡可循的。最古老的精靈們對此有所記載，他們也一直都在為艾西舉行祭祀。」

精靈們可真長壽啊。阿奇忍不住感嘆。

「不過，神明死後會反哺世界的說法，我覺得還有待考量。」授課法師說，「我們都知道，煉金的基本原理是能量守恆。同理而言，這個世界也是守恆的，世界的能量是有限的。當一個個體的力量太過強大，那它也就相對攫取了世界太多養分。它的死亡與其說是一種奉獻，不如說是一種奉還。」

阿奇感到有點無聊，他覺得該把最討厭的課程排名換一換了。

就在這時，他不經意看向窗外，一道黑色的衣袍一閃而過。阿奇一愣，再抬頭看了看臺上的老師。須臾，他彎下腰，對身旁同學比了噤聲的手勢，悄悄溜出課堂。

學院裡穿著黑袍的法師實在太少了！阿奇本以為自己跟上的是伯西恩，可直到對方走到陽光下，他才發現自己認錯了，那並不是伯西恩，而是另一個黑袍法師。

阿奇有些失望，正準備離開，卻看到自己的祖父從轉角出現。他直覺地留了下來，並小心翼翼地掩藏自己的行蹤。大概是在學院裡放鬆了警惕，貝利大法師和那名陌生的黑袍法師都沒有花太多心思注意周圍，直接開始談話。

「這是最後一次機會了。我們不能孤注一擲，將所有籌碼都押在奧利維身上。如果他再犯一次糊塗，我們將徹底失去最重要的盟友。」

貝利大法師安慰他：「伯西恩知道自己在做什麼。」

黑袍法師冷冷一笑：「他恐怕還在做他的美夢。他對那個精靈太過在意了。」

精靈？阿奇豎起耳朵。

「正好，現在薩蘭迪爾也在樹海，或許我們可以一勞永逸！」

對話沒有再進行下去，接下來的交談，兩位法師更換了地點。然而，聽到這些就夠了，阿奇明白這是一個陰謀！

一個針對薩蘭迪爾，和伯西恩老師有牽扯的陰謀，而他的祖父也參與了。

「不可能……」少年喃喃道，「為什麼祖父要這麼做？」

震驚過後，他做出了決定。

聖城，伊蘭布林城——

此時距離送紅龍們離開已經一個月了。伊蘭布林恢復了以往的平靜，或者說是無趣。至少，艾迪覺得日常的巡邏和任務已經不能滿足他了。當他第一次意識到這一點時，對於光明神都伊的虔誠信仰讓他自我懺悔。當這個念頭接二連三地出現時，艾迪開始想念薩蘭迪爾。

如果薩蘭迪爾大人在這裡的話，聖城一定會有趣一點吧。

聖騎士結束了一天的巡邏，艾迪正準備回去休息，卻被駐守駐地的同僚叫住。

「艾迪，有一個年輕人找你！」

「找我？」艾迪訝異，「他是誰，在哪裡？」

「不知道，一個外鄉人。今天早上找上門，說是你以前外出遊歷的伙伴。」

艾迪突然想到什麼，興奮地跑起來。身後的同僚對他高喊：「他在門口等你！」

門口，大老遠艾迪就看到一個纖瘦的少年背影，他不由得期待地高呼：「雷德！」

少年轉過身，有些無奈地道：「不是他，是不是讓你失望了？」

艾迪漸漸停下腳步。

「阿奇？」他道歉，「抱歉，我以為是雷德，因為他跟我約好，等迪雷爾醒了就回來看我。你來找我有什麼事？」

阿奇把他悄悄拉到一旁，「一件很重要的事。」

從下定決心到偷走瞬移卷軸，再偷跑到伊蘭布林，做出這一系列的舉動不過才花了半天。行動力出色的法師學徒看了一眼艾迪，似乎在判斷聖騎士是否值得信任。

「如果讓你選擇，在都伊和薩蘭迪爾之間你會選擇誰？」他問。

艾迪想也不想地回答：「當然是薩蘭迪爾大人！大人是活生生的，都伊是摸不到的！」

阿奇的眸色變了變，剛張口想說些什麼，旁邊插入一個聲音。

「你在幹什麼？」

「伊馮隊長。」艾迪看向來人，「沒什麼，是……」

他再回頭，卻發現就那麼一下子，法師學徒已經不見了。

「是什麼？」伊馮問他。

「是一個老家的朋友來看我。」艾迪看向空曠的街頭，不知為何下意識就選擇了說謊，「我們聊了兩句，他就走了。」

伊馮拍了拍他的肩膀，「那就改天再去找他。跟我來，光明聖者大人有事找你。」

阿奇躲在街角看著艾迪被伊馮帶走。

那一刻他選擇了躲避，連他自己也說不清為什麼。或許是發現向來崇敬的祖父竟然在密謀針對薩蘭迪爾的陰謀，大大衝擊了他的世界觀。現在的阿奇，已經不知道什麼人才可以相信了。

這個念頭救了他一命。阿奇最後看了眼聖騎士駐地的大門，隱入聖城的人流中。

不能聯繫艾迪，他得去找其他人。但還有誰能把消息傳給薩蘭迪爾呢？晃蕩在街頭的法師學徒憂鬱地思考著，晃神間，他的手臂被人用力抓住，那力道大得幾乎要扭斷他的手臂，阿奇錯愕地跳起來，對上一雙黑色的眼睛。那黑色如同一層陰霾，讓少年的心瞬間沉下去。

伯西恩望向他，陰鬱的眼神中透著譏嘲。

他開口，聲音猶如從深淵中傳來：「阿奇．貝利，你在這裡做什麼？」

†††

水聲潺潺，清澈的溪水從樹冠頂部傾瀉而下，越過層層樹幹和枝葉，沿著紋理密布的主幹向下滑落，在與地面親密擁抱後，由溪石簇擁著流向遠方，最後彙聚成流淌過碧翠之森外緣的艾西河。

蒙特目瞪口呆地看著眼前的這個奇景。

「長在樹上的河流之源！」他嘖嘖稱嘆，「我還以為我們剛才跨過的已經是艾西河的源頭了。」

「實際上，這一個才是。」艾斯特斯有些得意地向他介紹，「河流誕生在『樹』的冠層頂部，那是一個神祕的地方，除了父親，沒有任何精靈知道具體位置。」

「你把那個叫做『樹』？難道就沒有其他更別致的名字嗎？」半精靈指著他眼前的龐然大物。

他們站在「樹」的腳下，在這個距離，他看到的只是一個個起伏不平的地面。

艾斯特斯剛才告訴他，那是樹根生長的地方。

「世界誕生了第一個精靈，才有了其他精靈；誕生了第一個人類，才有了其他人類。」艾斯特斯走上前，輕輕撫摸著巨大的樹根，「而只有生長了第一棵樹，才會有其他的樹。」

蒙特覺得自己今天受到的衝擊已經夠多了。

世界上第一棵樹？那它的年紀究竟多大了？說不定在以利開天闢地、分隔大陸的時代，它就已經存在了。

半精靈只得承認：「這的確是最適合它的名字。」

「你們在聊什麼？」瑟爾從上方跳了下來。他輕盈落地，除了濺起一些草屑，沒有其他動靜。

他已經換下了平時在外的裝束，和艾斯特斯一樣穿著精靈們自己製作的織品，貼身的材料包裹著他矯健有力的身軀，勾勒出完美的身形。頭髮不再束成聖騎士們特有的樣式，而是摘下新鮮的樹葉在腦後紮成一束，模樣看起來更顯得年輕有活力。

若布利安在這裡，德魯伊一定會發出一聲感嘆，還有沒看過這樣的瑟爾的伯西恩。

「我們在聊艾西河源頭的事。」艾斯特斯說，他對瑟爾已經比最開始親近了許多，「父親向來對你最是寵愛，他有跟你提過這個嗎？」

瑟爾搖了搖頭：「很遺憾，這應該是個十分重要的祕密，他沒有告訴我。」他見艾斯特斯和蒙特都露出失望的表情，不由得勾起嘴角，「不過作為未來的王，艾爾你遲早會知道這個祕密。不如你去向爸爸懇求一下，或許他會願意提前告訴你。」

艾斯特斯露出一副「你在開什麼玩笑」的表情！

「他會把我掛回『樹』上的，恨不得把我重新塞回去。」

瑟爾哈哈大笑。

「等等，你們在說什麼掛回樹上？」蒙特忍不住打斷他們，「抱歉，是我想的意思嗎？」他看向前後兩位精靈王儲，不可思議地道：「難道精靈王是從樹上把你們摘下來的？」

瑟爾和艾斯特斯對視一眼，露出一個笑容。

「是啊。難道你不知道嗎？純血精靈們不是胎生也不是卵生，而是果實生的！」

蒙特感到自己的世界觀崩潰了。

「不可能！」他抓狂道，「那為什麼會有混血？如果是果實裡孵化出來的，你們應該是植物才對啊！」

瑟爾點了點頭：「精靈其實和植物並沒有太大的區別，你沒發現嗎？精靈們和植物一樣都不吃肉。而且在我小的時候，爸爸每天都會把我掛到樹上進行光合作用。嗯，就是吸收太陽的養分，讓我儘快發芽成長。」

艾斯特斯確有其事地頷首。

「那我……」蒙特崩潰地指著自己，「我也是一棵樹嗎？」

「大概你只能算半棵樹吧。」

原來是這樣！所以半精靈們在外面才會水土不服，原來他們根本就是植物，應該按照植物的方式成長。那我不應該吃飯，應該為自己施肥嗎？

蒙特徹底陷入混亂之中，沒注意到身邊兩個精靈越揚越高的嘴角。

「虧我一直以為你還算聰明，怎麼這麼容易被人騙？」一道冷冷的，帶著一些嘲諷的聲音傳來。

「如果精靈是植物，又怎麼跟其他生物交配，還留下混血的後裔？植物和動物根本就不可能繁衍後代。」尼爾走了過來，「兩位的玩笑也請適可而止。」

「原來是這樣。你認為我們存在生殖隔離。」瑟爾若有所思，「但是尼爾，世界上有一種生物就是半人半植，他們在冬天的時候是一棵普通植物，但是夏天時他們露出泥土的部分會變成美人，去誘惑路人，為自己捕獲養分。你聽說過這種『美人藤』嗎？」

尼爾：「你在開玩笑嗎！」

瑟爾認真地看著他，「你覺得我和你們開這種玩笑有什麼好處？」

繼蒙特後，尼爾也開始懷疑起自己的身分。

在瑟爾身後的艾斯特斯，看著自己的兄長面不改色地連續破壞了兩個人的世界觀，心中再次對「薩蘭迪爾」這個人物有了改觀。

他當然知道薩蘭迪爾逗弄兩個混血是為了什麼——取悅他自己。關於薩蘭迪爾和他的各種惡作劇，艾斯特斯可是從小聽到大的。

「你見到父親了嗎？」沒有再去管兩個被瑟爾欺負的混血，艾斯特斯問起正事。

瑟爾嘴角的笑意凝固住。

「沒有。」銀色的眼睛好像凍著寒冰，「我在他的寢室外求見，但他沒回應我。」

就好像精靈王根本不想見這個兒子。

「也許……他還在沉眠。」艾斯特斯試著安慰他，「要知道這一百多年來，他大部分時間都是在沉睡。」

「大部分時間？」瑟爾反問，「在我離開之後，他就沒有進行過任何補充能量的行動嗎，比如進食、沐浴日光？」

艾斯特斯搖了搖頭，瑟爾的臉色凝重起來。

一開始艾斯特斯來找他，他以為是精靈王出現了什麼問題，剛見面時侍衛長朵拉貢的反應也驗證了他的猜測。然而，進入到碧翠之森後，瑟爾才發現根本不是這麼一回事。

整個森林裡都充斥著濃郁的力量，不是自然女神的力量，而是精靈王自己的力量，對這種力量再熟悉不過的瑟爾絕對不會認錯。精靈王的力量非但沒有倒退，甚至比他剛離開樹海時強大了許多。

即便神降的沃特蘭站在瑟爾面前，他都沒有感受到這樣的壓迫感。既然如此，為什麼侍衛長和艾斯特斯都一副愁眉不展的表情呢？

「艾爾。」瑟爾喚著艾斯特斯的小名，「現在你可以告訴我，為什麼你要把我帶回來了，是為了父親嗎？」

「這只是原因之一。從我懂事起，父親的力量就越來越強大，可他沉睡的時間也越來越長，我想弄清楚是怎麼回事。還有一點，你們應該發現了。」艾斯特斯向後一指，「現在整個樹海根本沒有正值壯年的精靈，實力強大的長老們也幾乎不在，留下來的都是剛剛成年的年輕人。而我作為繼承人，卻根本不知道他們去了哪裡。」

蒙特和尼爾也回過神，不再計較自己是不是植物這個問題。

「你沒問朵拉貢？」

「他不願意告訴我。」

精靈王陷入原因不明的沉睡，精靈們又大批失蹤，這的確十分詭異，怪不得艾斯特斯按捺不住，要外出尋找瑟爾。

瑟爾突然想起來，眼前的這一幕似乎有些熟悉。

「艾西……」他嘴裡呢喃出這個詞。

瑟爾記得年幼時，精靈王為他讀過一本古老的精靈著作，書裡記載過類似的場景。

『經歷最漫長的一次長眠。艾西美麗的雙眸再也沒有張開，悲傷的戰士們留下傷痛赴往戰場。』

『冠冕交到新的繼承者手中。而他命運的歸宿，也早已註定。』

如果這一段歷史寫的是初代精靈王艾西的死和王位的更迭，那那個「繼承者」指的是誰？註定的命運歸宿又是什麼？沒有人知道瑟爾的父親——現任精靈王真實的年齡，就像沒有人知道世界上第一棵樹究竟存在了多久。因為自眾生有呼吸以來，他們就一直存在著，他們如此長壽，彷彿已經成為一種永恆。

精靈們一直記載著歷史，卻從未提及其他精靈王的存在；第一個死去的神明叫艾西，第一個死去的精靈王也叫艾西，那答案只有一個——精靈王艾西和化為河流的神明艾西本就是同一個人，而瑟爾的父親就是艾西的「繼承人」！

艾西河潺潺流過，瑟爾卻彷彿在流淌的河流裡看見了至親之人的血肉與骨髓。

他突然想起沃特蘭的那句話：『你會後悔的。如果有一天你面臨和我同樣的選擇，你會後悔今天阻止了我！』

光與暗之詩

DEAR MY THRANDUIL

CHAPTER THIRTY FIVE

預兆

沒人知道變故是什麼時候發生的。當他們察覺到第一片烏雲，狂風已席捲而至。

羅里里鎮是一個非常不起眼的小鎮，這裡沒有發達的交通，沒有豐盛的特產，也沒有出過什麼了不起的人物。除了偶爾路過的冒險者，幾乎沒有外人進出，鎮民們從出生到死亡，看見的都是再熟悉不過的面孔，生活平凡到毫無新意。

然而那一天，註定是不尋常的。鎮裡的獵人肉鋪沒有照常營業，排隊等著賣肉的鎮民聚在一起討論著獵人的去向。

他可能是在山裡打獵受傷了，也可能是在家睡懶覺，錯過了開店的時間。

然而當其他鎮民去山裡和獵人家都找了一遍，還是沒有獵人的消息時，樸實的鎮民們驚慌了。獵人失蹤了！羅里里小鎮發生了一起了不得的案件！

「這一定是謀殺。」有人信誓旦旦地道，「老屠戶和獵人向來不和，我昨天還看到他們起爭執，晚上又看到老屠戶鬼鬼祟祟地進了山，肯定是那老傢伙下的手。」

「老屠戶呢？」

「好像也不見了。」

老屠戶也失蹤了。

人心又安定下來。因為如果這是一起確定嫌疑人的凶殺案，那其他人並不會有危險。不牽扯到自己，是誰失蹤了又有什麼關係呢？

只有老屠戶的女兒在鎮上哭訴。

「我父親沒有殺人！」

「他不見了，為什麼沒有人去找他！」

沒有人理她，人們照常過自己的生活。

羅里里是個非常不起眼的小鎮，沒有發達的交通，沒有特產，勉強維持生活的鎮民們根本沒有心思去關心其他人的死活。

到了第二天，老屠戶的女兒也失蹤了，依舊沒有人在意。

直到某一天，鎮民們走在鎮上，驚慌地發現三分之一的鄰居都不見了蹤影，這時他們才發現事情的嚴重性。

羅里里是個非常不起眼的小鎮，因此鎮長關於連續失蹤案的彙報，直到一個月後才交到上一級城市主管官員的桌面上。

「失蹤？」留著小鬍子的貴族官員不屑道，「一個小鎮上會有什麼失蹤案件，又是一群鄉民大驚小怪。」

他如此說著，只安排了兩個巡邏員去小鎮上查探情況。

三天後，巡邏員們安然無恙地回來了。然而沒有人知道，更大的災難才剛開始。

†
†
†

梵恩城，法師議會中，有人不顧風度地拍著桌子。

「一場本來可以及早阻止的『魔癮症』，因為一群無知的人一次又一次的忽視和錯判，釀成了現在這個局面！」說話的老法師鬍子抖了一抖。

「現在被感染『魔癮』的城鎮已經超過十個，最近的一個離我們還不到百里！」

法師們議論紛紛。

「魔癮症」是對感染了惡魔氣息後變異症狀的描述，被感染的生物會完全失去理智，只剩下野獸般啃噬血肉的本能。最可怕的是，這種傳染病可以透過空氣傳播。

還有人不願意面對現實，狡辯道：「也許只是一次普通的時疫……」

「普通？最初出現病源體的小鎮在大裂谷附近，現在被感染的人類都有惡魔化的徵兆，你說這不是『魔癮』？」先前說話的白鬍子老法師氣呼呼地瞪著反駁的人。

有時候不願意認清真相的人不是愚昧，只是太過恐懼罷了。

自從上一次退魔戰爭後，人類和大陸上的其他種族已經數百年沒有聽見「魔癮」這個詞了，再次聽見這個詞，就像是惡魔們要捲土重來，誰不瑟瑟發抖。

「聽著，我不管惡魔們想要做什麼，我只不希望這該死的傳染病干擾我的實驗！我們必須想辦法，阻止它傳染到梵恩城！」老法師側頭，「貝利，你怎麼看？」

坐在自己席位上的貝利大法師似乎正想著別的事，聞言輕輕蹙眉，他說出口的話卻很值得借鑑：「或許，我們可以去向有對付『魔癮』經驗的人尋求一些幫助。」

法師們面面相覷。

「你是說……」

「薩蘭迪爾！」

朵拉貢帶著巡邏的王庭侍衛隊從遠處走來，麋鹿的尖角幾乎戳到他的鼻子。侍衛長很是氣憤，以至於維持不住優雅的儀態。

「你帶來的那些血統不純者——」

「我的朋友。」瑟爾糾正道。

他正在等精靈王醒來召見他，如今已經有半個星月了。

「我不是說碧翠之森裡的這兩個，我是指外面的那一群！」侍衛長鼻孔噴著氣，看起來像憤怒的巨龍，「你知道他慫恿德魯伊們幹什麼嗎？他們在砍伐橡樹！」

瑟爾無奈地道：「那是在建造防禦工事。」

「他們砍樹，而德魯伊竟然在幫他們，這都要怪那個不知道用什麼辦法對德魯伊洗腦的獸人。」朵拉貢侍衛長看起來已經失去理智了。

「布利安是『自然之心』的繼承者，他是被大德魯伊承認的繼承人。」

瑟爾覺得侍衛長有些種族歧視，不過這也不怪他，任何人看到布利安的第一眼都不會覺得他是一個好人。

「他們不是隨意砍伐，而是經過計算才適當地砍伐過剩的橡樹樹枝。這樣既可以保護橡樹林，也可以給年輕的橡樹更多的成長空間。我覺得用橡木做的圍牆與堡壘很不錯，既美觀又結實。」

然而，朵拉貢是典型的樹海精靈，所謂的典型就是美麗、高雅又傲慢和偏執。

「我們可以用自己的箭守衛樹海，不需要外人說明。」

瑟爾銀色的眸沉了沉，「是的，但你告訴我，現在還有多少精靈留在碧翠之森？族裡三分之一的成年精靈都去了哪裡？他們什麼時候才能回來？難道要依靠這些剛成年的孩子來守衛樹海？他們幾乎沒有離開過碧翠之森，沒有見過除了精靈以外的其他種族。一旦爆發戰爭，把他們送上戰場就是要他們送命！」

被瑟爾嚴厲呵斥時，朵拉貢這才意識到眼前的這個精靈已經不是年幼、需要他疼愛的小王儲了。離開的一百多年裡，瑟爾經歷了許多他想像不到的成長。

「您覺得現在是個和平的時代，已經不會有戰爭了嗎？朵拉貢叔叔。」瑟爾逼問著他，眼神咄咄逼人。

朵拉貢啞口無言。事實上，戰爭已經不遠了。西方樹海位於極西之地，大陸上「魔癮」傳播的消息還沒有散播到這裡。然而，精靈們有其他需要警戒的敵人。

精靈王長眠不醒，一旦消息洩露出去，不知道多少人會對這裡虎視眈眈。為了以防萬一，布利安建議混血們幫助精靈搭建防禦工事。橡樹林裡錯綜複雜的地形，十分適合挖掘掩體和暗壕，而隨處可取的橡木簡直就是搭建工事的最佳材料。為了做成這件事，他花費了十萬分的心力去說服德魯伊們。

現在布利安看著自己的成果，得意洋洋。橡木的韌性適中，雖然不比一些木材結實，但勝在可以按照設計者的想像彎曲，因此各種陷阱都是用橡木製作的。

「我敢保證，即便是一個滿編制的獸人大軍進來，也休想輕易穿透這些防禦！」

「看來你有成為戰場狂人的天賦。」熟悉的聲音從身後傳來，布利安轉過身。

「瑟爾！」

「幾天不見，你就把橡樹林改造成這副模樣，剛才我可被人抱怨了。」瑟爾走到他面前，看著外面還在忙碌的混血們，有些欣慰，「看來他們適應得不錯。」

「雖然比不上名貴的花草，不過雜草的優勢就是在哪裡都可以茁壯成長。」布利安說，「除了安排他們挖坑砍樹，我還帶他們做了一些訓練，但我一個人忙不過來。」

瑟爾笑了笑，「有人可以提供一些幫助。」

布利安疑惑地向他身後看去，正好看見艾斯特斯一臉不情願地帶著一群精靈們從樹枝間跳躍，落了下來。

「要不是瑟爾的要求……」精靈王儲嘀嘀咕咕，看也不看布利安，帶著精靈們直接向混血們走去。

他們不僅帶來了足夠的人數，還有足夠的武器——弓箭和刀槍。

「這是——」布利安大為吃驚，隨即眉毛壓低下來，「這可不是一個好的信號。」

不遠處，混血們受寵若驚地看著精靈們出現，有些忐忑和不知所措。而對待這些初次見面的新鄰居，精靈們也是小心翼翼的。雙方看待彼此的眼神中滿是好奇與驚訝，並沒有懷疑與惡意。

「這是好兆頭。」瑟爾說，「閉塞的王國要吸收新鮮血脈，否則只是固步自封。」

「你知道我說的不是這個。」布利安看向他，「這些事本來可以慢慢計畫，你卻急著全部做完，就好像留給我們的時間已經不多了。」

時間？瑟爾咀嚼著這個詞，如果把時間當做可以衡量的有限長度，正走在刻度裡的人，誰會知道自己將在什麼時候迎來終點呢？

「瑟爾！」正在這時，身後傳來侍衛長的高呼：「陛下醒了！」

光與暗之詩

DEAR MY THRANDUIL

CHAPTER THIRTY SIX

神山與王權

「國王們都有著長長的手臂，觸目所及皆是他們王土。」

一位人類先賢如此諷刺集權的王室和濫行無道的王。時至今日，即便赫菲斯廢除了奴隸制度，王權卻已然在大陸各地普遍存在。人們三呼九叩，俯首跪地，將自己的尊嚴親手送到他人腳下。

王室——貴族——富紳——平民——賤民，天生的等階劃分深植在人們心中。

王權是一把尺，特權階級用它丈量自己的身分，與其他人做區分；王權也是一道鞭子，抽打在普通人身上，時刻提醒著他們自己的貧賤。

而對於崇尚平等和自由，天生不愛慕權貴的精靈們來說，他們不需要透過抬高自己來貶低別人，也不需要用身分維護財產，因此他們似乎也不需要擁有一個王。

然而，精靈王確確實實地存在。瑟爾以前想不通為什麼，而這一刻，他走在通往精靈王房間的樹幹上，明悟了這個問題——從艾西開始，精靈王所代表的就不是王權，而是神權。

說起神，那似乎比眾生高貴許多，是不可以隨意議論的話題。然而，瑟爾接觸過的神明也不少，有時候他能察覺到所謂的神明其實並不超凡。就像人類一樣，神明做的每一件事都帶有祂們的私欲。

「到了。」朵拉貢在一扇綠葉裝飾的拱門前停下腳步，「雖然陛下醒了，但我們不確定他能清醒多久，珍惜你們可以談話的時間。」他似乎注意到瑟爾在分神，因此有些不滿。

瑟爾銀亮的眸子看向眼前這扇門。

不論神明究竟怎麼想、想做什麼，都不會妨礙他的決定。

這個世界可以更迭無數任神明，精靈們可以更迭無數任精靈王，而他只有一個父親。

瑟爾推開門扉，像小時候一樣親密而帶點依賴地喊：「爸爸——」

†††

放眼望去，滿目死寂。

「魔癮」比最可怕的瘟疫還令人膽寒。在它最初的爆發地，所有的聚居地都已經寸草不生。到處都是人們匆忙外逃的痕跡，街道上四處是零落的行李，遍布血跡和髒汙，足以想見當時的混亂。在這樣的混亂中，有兩個人緩慢、近乎遊覽式地行走著。

他們的確是在遊覽、觀賞，這場親手製造出的慘劇。

「看那裡。」其中一個黑袍人指著遠處街角下互相傾軋的兩具屍體，「在恐懼面前，純粹的暴力取代了一切。」

那兩具屍體的皮肉早已腐爛，只剩下骷髏。它們相向而對，武器捅在彼此的胸膛中，在它們身後則是一具已經被啃得只剩下骨架的馬屍。想必在爭奪逃生機會的最後一刻，這兩個競爭者殺死了彼此。而在死前，他們可能是鄰居、朋友，甚至是父子、夫妻。

說話的黑袍人眼中並沒有嘲笑，而是一種研究的純粹目光。這一路看過來，他下了判斷。

「無論是誰，沒有人可以在生死存亡前放棄自己的絕對利益。自私是眾生的本能。」他看向自己的同伴，有意問道，「你覺得呢？」

他身邊的另一個黑袍法師並不打算理會這個無聊的問題。

提問者卻自問自答起來：「當然，我並不是說自私是一種錯，是道德敗壞。相反的，正是這種自私心理使生靈進步、文明進化。不過這種建立在『私欲』上的文明非常容易被破壞，一旦個人擁有的機會不平等均衡，它就頃刻間頹喪，就像我們眼前所見。」

「我沒有興趣聽你高談論闊。」同行的人終於出聲回應，掩藏在兜帽下，黑色的眼睛平靜地注視著眼前的人間慘劇，「而且作為始作俑者的你，似乎沒有資格評判文明的毀滅。」

「不是『你』，是『我們』。」對方哈哈笑道，「看看你，無論在哪裡，你總是這麼格格不入。在梵恩城、在黑袍協會、在……」他隱晦地略過一個詞，又看向身邊黑髮黑眸的年輕人，輕笑出聲，「你覺得自己的歸宿在哪裡？還是你覺得到了這個地步，除了我們還有其他人會接納你，伯西恩．奧利維？」

被他叫出名字的年輕法師停下腳步，黑眸中醞釀著烏雲。

「現在連老貝利都不站在你這邊了。你抓住了他的寶貝孫子，還指認那小子，逼得老貝利大義滅親。人都是自私的，伯西恩，你以為你有可靠的盟友嗎？」

他又說出更可怕的話，「或許，你指望那個精靈！可若是讓薩蘭迪爾知道預言師奧利維根本不是失蹤，而是被他的不肖子孫生吞活剝了……哎呀，說到這裡，奧利維家族繼承預言能力的方式可真叫人膽寒。」

伯西恩看著眼前人誇張地在他面前做出噁心的表情。

明知道對方是在故意惹怒自己，他還是被牽動了情緒，尤其在聽到奧利維之死的那一刻，他黑色的眸子忍不住輕輕顫動。血與肉的觸感彷彿還在喉間滾動，逼迫他生吞血肉的那些人的竊竊笑聲也如夢魘般，不斷重播。

最令他印象深刻的，卻是預言師奧利維臨死前平靜的表情。

他說：「是你啊。」然後閉上了眼睛，嘴角還帶著笑意。

預言師奧利維早在十年前就死了，在他拒絕成為這個祕密同盟一員的那一刻，就註定了死亡。

而伯西恩，是同謀們精挑細選，頂替奧利維位置的繼承人。年輕的法師站在死者還帶著生命氣息的屍體前，一口一口吞下對方的血肉，然後，擁有他的一切。

如果為自己開脫，說那完全是被人所迫，或許心裡能好受一些，但是伯西恩知道並不是如此。在沒有抵擋住誘惑，沒有立刻吐出那些血肉時，他就做出了選擇。

從那一天起伯西恩知道，世上有一些人類比惡魔更可怕，而他就是其中之一。

可悲的是在完全墮入黑暗之後，他才遇見姍姍來遲的一線光亮。他試著掩飾、試圖為自己披上一層外衣，不讓對方直接看見自己黑濁的靈魂。

他幾次一反常態地出手相助，在洛克城殺死小奧利維、滅口黑袍協會的成員，然而最終除了證明他的可笑，這些舉動毫無意義。

「你在想什麼？」眼前的人打斷了伯西恩的思路，他用赤裸裸、帶著揣測的眼神望過來，甚至欣賞著伯西恩眼中的翻雲覆雨，「在我提到薩蘭迪爾的那一刻，說真的，你真該看看自己的表情。他對你而言，顯然與眾不同。」

烏雲最終沒有醞釀成暴風驟雨，伯西恩平復下來。

「是不一樣。」伯西恩說，就像他無數次說服自己，無數次對瑟爾親口所說一樣，「我受到預言師奧利維的記憶影響，而奧利維愛著薩蘭迪爾。」

他們已經走到城鎮的邊緣，一個破破爛爛，寫著「羅里里」的牌匾就倒在腳下。再往前走，就是從惡魔深淵延伸到大陸的大裂谷。

「喔，到了。」他們稍做停留。

「說起來，到現在這個地步，『魔癮』才感染了十個城市，這些守在大裂谷的精靈真是不可小覷。」似乎不能再從伯西恩那裡探聽到感興趣的事了，同行的黑袍法師放棄探究他的隱私，看向眼前隱隱籠罩著一層黑氣的原始森林。

「你要殺幾個？我還沒有試過用精靈的骨血製作藥劑，這次可是個好機會。」他興致勃勃地道。

伯西恩沒有再開口說話。

兩個黑袍者漸漸隱入林中，直到身影消失，破舊的牌匾被風吹著，漫無目的地滾動，就像是墮入黑暗的人，不知向誰祈禱。

——而奧利維愛著薩蘭迪爾。

†
†
†

「爸爸？」

瑟爾走進精靈王的寢室，第一眼看到的卻不是久未謀面的父親，而是一個陌生人。

準確來說，那不是一個陌生人，因為他有著和瑟爾一模一樣的容貌和身材，除了表情，幾乎無法區分他們。

看見瑟爾一瞬間的錯愕，這個好似他雙胞胎兄弟的傢伙莞爾一笑。

『你好，瑟爾。』

就在那一瞬間，瑟爾明白了這個「雙胞胎」的身分。他手裡的長劍在隱隱顫動，額前好似被人用火烙燙著。他看著這個故意惡作劇，維持著和自己一樣容貌的——神明。

「以利。」他有些惱火道，「你來這裡做什麼？」

從來沒有人敢這樣和造物主說話！不過瑟爾認為，那是因為從來沒有人和造物主當面說過話。如果他們了解以利的品性，一定會和自己一樣。

神出鬼沒，興致忽起，毫不負責，曾將瑟爾扔在獸人山麓的雪山裡鍛煉他「覺醒」，又將過度使用力量、隨時會自爆的瑟爾毫不在意地扔回他同伴們的營地。

對以利來說，這些都是因為有趣。

頂著瑟爾模樣的以利被瑟爾吼了，露出可憐巴巴的表情。當然這也是因為有趣。但他接下來的話讓瑟爾肅穆起來：「沃特蘭已經被懲罰，希望下一個不會是你。」

沃特蘭為什麼被以利懲罰？當然是因為他那些荒謬的舉動，而沃特蘭為何要做那些事？是因為他試圖拯救赫菲斯。

瑟爾瞬間明白了，以利為何要這樣警告自己。

他的喉嚨乾渴，似火焰在燃燒。

「精靈王！我的父親，他……」

以利還是上一刻的那副可憐表情。有時候他在情緒的表達上會有些延遲，不對應的表情與脫口而出的語句，在說話時顯得格外滑稽。

「你的父親將繼承艾西的榮耀，成為神。」

「然後死去是嗎？」瑟爾忍不住吼道，「我不明白你在想什麼，為什麼選艾西、赫菲斯，現在是我父親！他們成為神，迎接他們的卻是死亡。這是你玩弄人心的新把戲？」

以利還沒有準備好新的表情，因而，現在他露出來的是冷漠。

「這是世界的規則，所有的神明……」

瑟爾沒能聽到他的後半句話，因為他的耳中此時傳來另一道聲音。

「瑟爾。」

那是精靈王──他的父親呼喚他的聲音。瑟爾沒想到自己能再見到他。

他有很多稱呼，「陛下」、「精靈王」、「樹海的掌控者」，在外人看來，他是權威的象徵，是一個力量強大的族群首領，然而在瑟爾心中，他是這個世上最親的人，他永遠只想用最親密的叫法呼喚他。

「爸爸。」

精靈王輕輕嗯了一聲，碧藍色的雙眸溫柔地看向瑟爾，「你長大了，瑟爾。」

瑟爾的眼眶微微泛紅，精靈王接下來又說：「——也晒黑了。我以為你在伊蘭布林蝸居一百五十年，至少會變得白一些。」語氣裡帶著一些遺憾。

瑟爾愣了一下，隨即注意到精靈王是故意這麼說的。

這和小時候一樣，每一次瑟爾犯了錯，精靈王把他掛到樹枝上後，就會袖手站在一旁欣賞他那又倔又委屈的小表情。即便瑟爾現在已經三百多歲了，無論是以人類還是精靈的年齡來看都不能算是孩子，精靈王依舊保留著這個癖好。

此時看到瑟爾無奈的表情，精靈王勾唇笑了一下。大概對於一個父親來說，逗弄孩子是永遠不變的樂趣。

「過來。」坐在樹冠鋪織的臥榻上，精靈王對他招了招手。

瑟爾無比自然地走上前去，在精靈王身邊依偎坐下。

「你剛醒來嗎？」

「本來準備等你，但不知不覺又睡著了，你剛才在和誰說話？」精靈王問。

兩人之間的對白就像再尋常不過的普通父子。

「以利。」瑟爾不怎麼高興，甚至有些控訴地對精靈王說，「他說話說到一半就跑了，一直都是這個脾氣。」

精靈王喔了一聲，似乎不為他對造物主的態度感到震驚，也不為以利出現在自己的房間裡感到驚訝。

「那下次你可以同樣回敬他。」

瑟爾贊同地點了點頭。

這對父子在對待神明的態度上，出奇得相似。

過了一會兒，還是瑟爾忍不住開口問：「他說你……」

精靈王沒有讓他說完，而是伸手輕撫上瑟爾的額頭。瑟爾感覺到那微涼的觸感，不滿地將那隻手握在手心裡，想要把它搗暖。

「上一次我見你的時候，至少還是有溫度的！」

精靈王笑了一下，有些無奈又有些放縱地看著瑟爾抓住他的手用力搓揉。

沒有任何人敢這麼對待精靈王，包括艾斯特斯在內，所有人都將他看成王座上的雕塑、神權的象徵，而不是一個活生生的生命，只有瑟爾——這枚他親手摘下來的果實，依賴他、仰慕他，永遠將他當做父親。精靈王以前不懂得這種情感，和他自己的父親一樣，他們只有大義，無所謂小愛。然而瑟爾教會了他……想到這裡，他嘆了口氣。

瑟爾緊張地看著他，「所以以利說的是真的，你會因為成為神明而丟了性命？」

精靈王糾正他：「我並不是因為成為神明才死去，而是迎來所有生命都將迎接的死亡。」

「那至少不該是在這個時候！」瑟爾有些憤怒，憤怒中又夾雜著恐懼。

精靈王看著他，心中的那一絲不捨又加深了些，便從瑟爾手中抽出手來，撫摸他的臉龐。

「記得小時候你問我的嗎？」

精靈王優雅的聲音在瑟爾耳邊傳來，他莫名覺得有點睏了。

「為什麼我們是尖耳朵？這個問題，就和我為什麼一定要成為神明，然後死去一樣。沒有為什麼，瑟爾，這是在世界創造之初就定下的。」

瑟爾睡著了，當他再次醒來的時候，已經不在精靈王的寢室。眼前的房間如此熟悉又陌生，是他少年時的住處。

他一下子從床上跳下來，想要再去找精靈王，然而，他走到房間門口就被朵拉貢攔下了。

「陛下已經閉關。」

朵拉貢的下一句是：「戰爭來了。」

戰爭來了，毫無預兆。沒有挑釁，沒有檄文，甚至沒有檯面上的矛盾和爭議。以矮人王國為首，數個國家同時向精靈樹海發動了侵略戰爭。

瑟爾得到消息的時候，離他們最近的一支軍隊距離橡樹林已經不到百里。

所有還未成年的精靈都退到了樹海的最深處，所有成年的精靈都將踏上戰場。瑟爾看著那些年輕、還略帶稚嫩的臉龐，目送他們義無反顧地揹上行囊走向前線。

艾斯特斯也在其中，他走得比他們任何一個更靠近前方。

瑟爾眼中的銀色好像被冰封住了。

「有多少敵人？」他問。

「灰領的矮人、中部的人類王國、北部的高地人還有幾個獨立城邦。」朵拉貢在他身後回答，「返回樹海的斥候送來的情報裡就是這些，還有沒能回來的……」沒能回來的精靈斥候，當然也沒能送回情報。

「中部王國、高地人？」瑟爾詫異，「我記得他們屬於光明神的教區。」

聖城與瑟爾的關係向來不錯，他沒想到屬於聖城掌管教區的勢力也會參與這場戰爭。

「聽說這些區域的光明神大祭司也都被軟禁了。」

瑟爾這一次真的感到吃驚。向精靈宣戰可以說是為了眼前的利益，可是軟禁光明神的祭司是為了什麼？要知道，單論在大陸上的信眾範圍以及在信眾中擁有的權勢，即便是以利也比不上都伊。這等於是在和大陸最強的神明宣戰！能讓人做出這樣的決定，他們謀取的利益該有多龐大？深思下去，令人膽寒。

瑟爾抬頭望了眼遮蔽著整個樹海的「樹」的枝幹。

只因為傳來精靈王病重的消息，這些突如其來的敵人就採取這麼大的行動？樹海裡有什麼值得對方不惜一切也要攫取的東西嗎？

他想起了行蹤不明的青壯年精靈們。

「你還是不願意告訴我，族裡的戰士們離開樹海去了哪裡？」

朵拉貢的臉板得緊緊的，瑟爾知道了回答。

「你覺得，我們會輸嗎？」許久，他聽見王庭侍衛長如此問。

瑟爾說：「我從來不輸。以前是，以後也是。」

†††

「快一點！將所有防禦措施和陷阱都布置好！」

獸人在高處指揮，混血女孩坐在父親的肩膀上，隨著他的動作顛顛簸簸。布利安抽出一隻手，讓特蕾休坐得更安穩一些，然後繼續下令：「我需要幾個德魯伊去催生一下西邊剛種下的荊棘藤蔓，讓它們長得快一些。誰有空？」

幾個德魯伊舉著手，其中一個是個矮人。

「去吧！」

矮人德魯伊跟不上其他精靈德魯伊的步伐，在忙碌的人群中走得踉踉蹌蹌。

旁邊一個混血的高地人走了過來，他沒說一句話就將矮人放到自己肩膀上，追上其他德魯伊。

「我們的敵人中有矮人，也有高地人。」蒙特從一旁走來，看見這一幕突然說了這麼一句。

「還有獸人。」布利安索性替他說完，「你想說什麼？」

「這些德魯伊來自不同的種族，常年在橡樹林接受訓練，但是畢竟他們都有屬於自己的國家。這些瑟爾帶來的混血是無根無憑了，但是他們從來沒有經歷過戰爭。你覺得在戰爭真的開始的時候，面對容貌相似的同族，他們下得了手嗎？」

「我殺過的獸人不比瑟爾少。」布利安說，「種族、國家，不是劃分陣營的唯一根據，信仰才是。在這裡的人，不是信仰自然女神就是信仰瑟爾，他們不會背叛精靈，就像你不會背叛瑟爾。」

蒙特本來還想說什麼，到這裡啞然無語。

談起了瑟爾，他們索性以這個話題繼續下去。

「你覺得他現在在想什麼？一百五十年前拯救了世界，世界現在卻與他為敵。」

蒙特挖苦道，「那時他是不是不逞英雄，放任那些人被魔潮吞噬比較好？」

「那就不會有你我了。」布利安說。

「也沒有我了！」在他頭頂的特蕾休加了一句。

「我知道你想說什麼，我可以肯定地說他不會後悔。」布利安打斷蒙特，「我經歷過退魔之戰的最後時期，知道惡魔是什麼。他們不是人類，不是精靈，甚至不是生命，對於所有活著的生命來說他們就是絕望，是死亡本身。在那樣的戰爭裡，你不會想到種族之間的矛盾和爭執，你只會想著要怎麼活下去。如果再給瑟爾一次機會，相信我，他會做出同樣的選擇。」

他並不會因為今日遭到的背叛，就放棄拯救昔日的世界。

「而且——」布利安話鋒一轉，「也不是所有的人都拋棄了他。」

他指著遠處，一面繡著白色薔薇的旗幟在樹林間隱隱顯現，比任何敵軍都先抵達橡樹林，那迎風招展的薔薇花瓣永不褪色——白薔薇騎士團！

「援軍來了。」布利安笑著說。

†††

背上挨了狠狠一鞭，阿奇不由得顫了一下。

「誰准你停下來了？」抽他一鞭的人大聲叱喝，「快把這一箱搬走，別想偷懶。」

人們都看著他，不，用「人們」這個詞並不準確，那些原本正在搬運東西的人形怪物停下手中的動作，齊齊盯著阿奇。他們口中流下口水，眼中充滿著原始的欲望，如果可以，下一秒就會把阿奇生吞活剝。

阿奇抖了一下，身旁監工的人看出來了，笑了。

「看見沒？」他用鞭子抵著阿奇的下巴，逼迫對方看著那些徒有人形卻已經不是人類的怪物，「你本該也是這個下場，或者更淒慘一點，成為這些怪物的食物。」

周圍除了阿奇和監工，就只有那些魔化了的人類，因此監工說話並不怎麼注意。

「這是看在你祖父的份上，要不是有一個身為大法師的靠山，你早就沒命了，小子。」他說話時帶著不滿和扭曲的嫉妒，又一鞭抽在阿奇傷痕累累的背上。

正想要再趁機淩虐幾鞭時，有兩個黑袍瞬移出現在他們面前。

「怎麼回事？」

「大、大人！」監工立即道，「是這個小子不聽話，我只是想教訓他兩下。」

黑袍者似乎只是隨口問問，並不關心。

「別把他弄死。如果他能活到一切結束，我們還能把他作為『獎品』，頒發給盡心盡力的老貝利呢。」

「是的，是的，我明白！」監工諂媚道。

「裂谷對面的情況如何？」黑袍者本來打算離開了，卻注意到身旁的同伴，「對了，伯西恩。這傢伙原來是你的學生吧，還是你親手抓回來的告密者。師生再次相見，你有什麼話想對他說的嗎？唉，要我說，當時反正也沒其他人，就算你把他偷偷放走，也不會有人知道啊。」

伯西恩目不斜視地從阿奇身旁走過。

「那麼，死的就會是我。」

提問的人似乎很滿意他這個答案，大笑著一起離開了。

監工目送走兩位大人物，回來時，看到阿奇按在地上的手指用力到泛白，落魄者的不甘和絕望正滾滾溢出。

監工因此生出一些優越感，憐憫地看著阿奇：「看吧，沒人在意你的性命。」

這一次不用鞭子再催促，阿奇起身，和周圍的怪物一起搬運重物。他們要把這些物資搬到營地去，那裡有等著使用這些備戰物品的法師們和戰士們。

而在這個小小營地的數百公尺外，就是著名的大裂谷，不祥的黑霧與沼氣瀰漫在整個裂谷周圍。

裂谷的另一邊，精靈們挽起長弓、握緊武器，與同伴們緊緊相依，等待著最後的宿命一戰。

「閣下！」

維多利安駕著駿馬，帶著手下的薔薇騎士整齊地列在戰陣前，他從馬上躍下，摘下頭盔，露出風塵僕僕的臉龐。

「希望我們沒有來遲。」

「你們來得很及時。」瑟爾走上前，感謝道，「在戰爭開始之前，最先來到的是幫助我的朋友，而不是傷害我的敵人。謝謝你，維多利安。」

維多利安笑了，似乎終於為達成目的而鬆了一口氣。而在他身後，另一個人影冒了出來。

「薩蘭迪爾閣下。」哈尼對他高興地揮著手，彷彿他不是來到一個隨時會丟了性命的戰場，而是某個郊遊的野外營地，「好久不見！」

「哈尼？」瑟爾意外地看向維多利安，似乎在問怎麼把這個「弱不禁風」的小傢伙也帶來了？

「任何自願參加這次援助的騎士，我都沒資格阻止他們。」維多利安這麼回答。言下之意，哈尼已經是一名合格的騎士了！但天知道，就在數個月之前，他的身體還根本無法支持他做長時間的訓練。

瑟爾想到了什麼，看著哈尼的眼中帶著一分興致。

他感嘆道：「如果他能活下去，說不定會是兩百年來第一位龍騎士。」

維多利安卻說：「如果他連這一次考驗都無法通過，也不可能熬過層層磨礪，成為龍騎士。」

「在戰鬥開始前，讓騎士們休息一下吧！」最後瑟爾拍了拍維多利安的肩膀，「我讓布利安帶你們熟悉這裡的地形和陷阱。還有你們的盔甲，不適合在叢林裡戰鬥。朵拉貢叔叔，我們還有多餘的藤甲嗎？」

精靈們手工編織的藤甲堅韌無比，可以阻擋刀劍，還附有精靈魔法，可以增加抗魔，輕盈靈活更減少了負擔，在外面向來是有價無貨。

向來排斥外人的朵拉貢這回也沒說什麼，只默默地回去取藤甲。他並不是接受了這些異族，只是無法選擇，如果精靈們在他們的幫助下都沒能取勝，那麼樹海也不再有未來可言。

然而即便到這個地步，精靈王依舊在沉睡，失蹤的成年精靈們依舊沒有消息。瑟爾注視著朵拉貢的背影，陷入沉思。

維多利安這時走到瑟爾身邊，面色凝重。

「薩蘭迪爾閣下，來的路上我聽到了一些消息，覺得應該告知您。」等到瑟爾的目光注視過來，他深吸一口氣，「您知道『魔癮』嗎？」

†††

一天苦役結束之後，阿奇被分配到了一點點麵包，沒有水，也沒有藥品。他已經傷痕累累、饑腸轆轆，這點麵包不僅不夠填滿他的肚子，也根本無法為他提供恢復身體所需的營養。

「怎麼？不滿意？」監工緊緊盯著他，似乎只要阿奇說一個字就打算奪走他唯一的食物。

阿奇沒有那麼做，他緊握著麵包走了。

「呿，無趣的小子。」離開時，他還能聽見身後監工的嘀咕，「這麼膽小的傢伙哪來的膽量去告密？」

阿奇膽小嗎？認識他的人，無論是艾迪、雷德還是哈尼都會說「不」！法師學徒雖然有些懶洋洋，不專心於學業，但他不是一個膽小懦弱的人。瑟爾甚至早就看透了阿奇．貝利的本質，掩藏在漫不經心下的，是一顆機智敏銳的心。

瑟爾對他的評價很高，卻遺漏了阿奇的缺點——衝動。如果阿奇沒有衝動地立刻離開學院，毫無準備就前往聖城求助，也不會被人發現，落到這個地步。

不過在遇到瑟爾之前，阿奇從來不是這種衝動的性格，他做事總會小心翼翼地掂量。

唯獨一次的衝動就讓他付出了巨大的代價。

阿奇一路沉默著，在路上就吃完了麵包。他爬到自己營地外的臨時安身地——一個狹小的石洞裡面，正準備躺下來休息一下的時候，突然被什麼東西頂到了。待他用手去摸索時，觸碰到了冰冷的觸感。阿奇低頭去看——是幾瓶藥劑，和一瓶清水。

他笑了，但緊接著表情又變了，像是看到什麼令人痛苦的東西。

許久，阿奇終於說出幾天以來的第一句話。

「唉。」

他咕嚕咕嚕地喝完乾淨的水和藥劑，爬出了洞穴。

監工是一個沒什麼建樹的法師，他在這裡唯一的工作就是看守阿奇和那些怪物。這本來是一個沒有難度的任務，今天卻出現了意外。

「那小子跑了！」在阿奇跑出洞穴好一會兒後，營地外響起了監工氣急敗壞的聲音，「抓住他！吃了他，生吞他！我要給他好看！」

阿奇呼吸急促，飛快地在森林裡奔跑著，他能聽見身後追逐的怪物們越來越近的腳步聲，還有他們興奮的吞嚥聲。他連回頭看一眼的時間都沒有，只能一直向前。

這是命運為他，也是為所有人留下的唯一一條生路！

終於，一個巨大到可怕的裂口出現在他的面前，裂口下濃黑的霧氣裡好像隱藏著無數可怕的怪物。而在裂口的對岸，有銀色的光芒閃過。

身後是怪物們的喘息，眼前就是深淵。阿奇閉上眼睛，縱身跳下。

「你說什麼！」蒙特忍不住拍案而起，「十個城鎮都被感染了『魔癮』？」

「現在可能已經不止十個。深淵暴動了，大裂谷的氣息也產生了異變。聽說梵恩城的法師們已經派人前去調查原因，但也束手無策。」維多利安說，「我想『魔癮』對整個大陸來說都是一個威脅，如果薩蘭迪爾閣下有對付『魔癮』的辦法，我們可以利用這一點來對付敵人。」

沒有人不害怕「魔癮」，但只要瑟爾有能力解決，那戰爭或許就可以不必開始，他們可以談判。

維多利安以為自己考慮得很周到，然而他看到對面的瑟爾，神色變得更冷了。

「您也沒有辦法？」維多利安意外。

蒙特和布利安齊齊看著瑟爾。

瑟爾沒有說話，朵拉貢卻開口，冷笑著說：「當然有辦法。將我們的血都抽乾，餵給全大陸還活著的人，那他們就再也不會被『魔癮』感染了。」

精靈的血能免疫「魔癮」。維多利安臉色一變，立刻意識到這意味著什麼。

「怪不得有那麼多勢力同時向我們開戰，有人把這個消息走漏了出去！」蒙特臉色難看到可怕，「該死的！」

戰爭已經無法避免。就在氣氛因此變得更加沉默時，毫無預兆地，樹海的中心爆發出強烈的光芒。平地而起的風波在橡樹林吹起層層波濤，又席捲著朝更遠的方向蔓延，像一場熱烈的風暴侵襲整個大陸。

人們被強大的力量波及得無法站直，在一片混亂中，瑟爾緊抓住一棵橡樹的樹幹，讓自己能望向樹海的中心。

他看到「樹」的每一片葉子都在發光，似乎有什麼即將從它內部綻放開來。

同一時間，聖城伊蘭布林、白薔薇城、大裂谷，乃至遙遠的龍島，無數人看到了這一束熾烈綻放的光芒。

同一時刻，阿奇在怪物的追捕下，跳下深淵。

有人立於黑暗，久久仰望這一束光亮。

「陛下。」

朵拉貢跪了下來，這名有些蒼老卻永遠承受所有壓力的侍衛長，終於不堪重負。

瑟爾立刻明白了什麼，他發瘋似的朝樹海中心跑去。然而狂風太大，即便他以長劍支撐著地面，也無法在暴風下前進一步。瑟爾的一頭銀髮被風全部吹向腦後，露出他每絲每毫的面容，然而現在這份觸目驚心的美上更添了一份猙獰。

「不！」瑟爾大喊，「把他還給我，以利！」

這一刻，他明白了沃特蘭的瘋狂。

在失去重要之人的悲傷面前，理智根本沒有立足之地。

以利當然沒回答他，瑟爾只能眼睜睜地看著那道光芒越來越盛，在達到極點時，大陸上所有的生命都看到了同一個身影。

那個身影登上了一座難以攀爬、好似沒有盡頭的高峰，下一瞬，化作千億顆星辰散落。化作雨點般的星辰紛紛揚揚灑下，一枚小小的星辰落在瑟爾的鼻尖上，冰冷帶著一點濕意。

星辰落在橡樹林之上，像樹苗瘋狂地生長起來，幾乎每一棵都長得像百年古樹。

古樹們張開它們的臂膀，為自然女神心愛的孩子們遮風避雨；星辰落在緩緩流淌的艾西河上，河水洶湧地漲起並改變了河道，將樹海之內的精靈與樹海之外的敵人以一道百米寬的河面隔絕開來。

星辰落在了大裂谷的深淵裡，深淵內的怪物們發出痛苦的哀嚎，掙扎著後退；喝了力量藥劑準備跳過懸崖，卻困在崖壁無法攀爬上去的阿奇，突然感覺有一雙大手輕輕托住了自己。他借力爬上大裂谷的另一邊，再回頭去看時，卻無影無蹤。

星辰落在這一片大陸的每寸土地上，就像艾西河孕育著所有的生命，這些星辰般的碎屑也漸漸修復損失的大地。世界發出了一聲喟嘆，岌岌可危的崩潰跡象再一次被延遲。深淵萬尺之下的囚籠中，有一道低沉的聲音沉痛地發出怒吼。然而僅僅一聲，就再也沒有動靜。

伯西恩站在高崖之上，看著這近乎神跡的景象。他的雙眸原本沉澱著比宇宙還深遠的濃黑，卻突然倒映出一道銀色的身影。

那光影對他點了點頭，便化作虛幻消失了。

匡啷一聲，瑟爾手中的長劍倒在地上，因在狂風中掙扎前行，他用盡了力氣，無力地坐倒在地。

「這是怎麼回事？」哈尼懵懂地問，發現周圍的環境發生了天翻地覆的變化。

「我好像看到星星從天上落下來了，是神明降臨了嗎？」

「是陛下登臨神位了。」朵拉貢木然地說。

下一瞬，所有人都聽見了一聲從喉嚨中撕裂的叫喊。

那喊聲短促、激烈，又化作斷斷續續的喘息，漸漸地安靜下來，卻不是平息。

瑟爾單手摀著臉，銀髮傾瀉而下，高挑的背影此時彎曲了脊梁。拯救世界的英雄薩蘭迪爾，像這世界上所有失去父母的孩子一樣悲傷，他的眼中卻沒有淚水。

「爸爸。」特蕾休抱住布利安的手臂哭得傷心無比，「我好難過。」

她抽噎地哭泣，彷彿要替不能流淚的瑟爾將所有的淚水都流光。布利安安慰地拍著她的肩膀。

沒有人見過這樣的瑟爾，就在他們想著究竟該如何寬慰他時，瑟爾自己撐著長劍站了起來。他不是不再悲傷，只是身上的責任讓他永遠不能沉溺其中太久。

「註定的命運？」將額前的長髮一把向後梳，瑟爾的眼眶還紅著，卻望著天空有些惡狠狠地笑了起來，「你不願回答，我就自己去尋找答案。」

「瑟爾？」蒙特上前一步。

「吟遊詩人離開多久了？」瑟爾搶先於他，問了一個毫不相干的問題。

早在之前，尼爾先一步離開了樹海。一方面，他是去聯繫大塊頭隆恩他們探聽消息，另一方面則是替蒙特帶訊息給風起城的半精靈們。這是尼爾主動提出來的。

『我沒那麼引人注目，四處遊蕩也不會引起別人注意。』吟遊詩人當時說，『現在的情況下，精靈們的援兵越多越好。』

「不到半天吧。」蒙特回答，不明白瑟爾此時問起這件事的用意。

「這時候他應該還沒走多遠，不過剛才這麼大的動靜……」蒙特愣了一下。

薔薇騎士團們到來、精靈王登上神座，發生這麼多事，尼爾至少也該回來看一看才對，可吟遊詩人一去就好似泥牛入海，了無音訊。

瑟爾的目光沉了下來，他的思緒從未如此清晰。

他之所以會問吟遊詩人的去向，是因為他想起了一些細節。離開洛克城後，他的蹤跡似乎就一直被人掌握著，對方甚至在了解樹海的情況下，在精靈們最猝不及防時發起戰爭。

就在剛才，星辰落在瑟爾鼻尖時，他感覺自己身上的某種束縛被解除了。

那是某種追蹤法術！而在這個關鍵時刻，消失不見的尼爾太可疑了。

嗚嗚——樹海的東方響起了號角聲，那是在前線的精靈哨兵們發出的警示。

大地在顫抖，古老的橡樹悲鳴著倒地。橡樹林的東方，一片硝煙寥寥升起。

「敵人來了！」坐騎白狼一個縱跳，躍上山峰，艾斯特斯挽起長弓，對著不遠處正在強行橫渡已經變道的艾西河，那一片烏壓壓的人影。

「為了我們的家園！」

精靈王儲高喝一聲，率先奔向戰場，其他年輕的精靈戰士們緊隨其後。

最前線的戰役已打響，而在遙遠的大裂谷，另一場沒有硝煙的戰役也拉起序幕。

「看我帶誰回來了。」有人得意洋洋地對伯西恩打招呼，站在崖壁上沉思的黑袍法師聞言回首，便看到他那令人厭煩的黑袍同伴身邊又多了一個身影。

「午安啊。」來人對他打招呼，拉下兜帽，露出一頭水藍色的長髮。

「好久不見了，哥哥。」吟遊詩人道。

一切似乎切中了瑟爾最壞的猜想。

「他們的速度比我們想像得還要快！為什麼敵人這麼清楚樹海的位置？」一邊拉弓射下一個正在渡河的敵人，阿爾維特說出了疑惑，「難道是那些混血……」

「說那些有什麼用！」艾斯特斯及時打斷他，「別浪費了你的箭，阿爾維特！」

「艾爾？」阿爾維特驚訝地看著他，「要是以前，你會比我更早懷疑那些混血。」

「你以為我不想嗎？」艾斯特斯碧藍色的眼睛瞪著他，「但是混血們是瑟爾帶回來的，要我懷疑他們，就是要我質疑我的兄長。父親已經不在了……」精靈王儲的聲音低了一些，「我不想再讓任何一個親人傷心。」

「謝謝你，艾爾。不過比起不讓我傷心，我覺得你更應該關注內奸帶回了哪些消息。」瑟爾的突然出現，小小打斷了精靈們進攻的步驟，「不過還好有父親臨走前的小小禮物，就算他帶走了關於樹海的情報，現在也完全派不上用場。」

瑟爾看著地勢和河流走向已經完全改變的樹海，心裡頓了頓。

精靈王早就知道這些了嗎？所以在最後的時刻，還幫了他的孩子們。可如果他早能預知，為什麼不幫助整個精靈族躲掉這一場災難？

「真的有內奸？」阿爾維特問。

琵爾沉默了一瞬。他想起了尼爾，目前最大的嫌疑人。

然而，他們最初相遇的情況不像刻意安排，吟遊詩人偶爾顯露的情緒也不像是作假，這讓琵爾對自己的判斷產生了一絲猶疑。但是除了尼爾，有誰有這個可能呢？

大裂谷的另一邊——

「喔，兄弟相見。這大概是你在世上最後一個有血緣的親人了，伯西恩。」令人討厭的黑袍法師調笑道，「是不是很感動？」

「如果你不是把他綁著帶來。」伯西恩看了眼吟遊詩人背後的繩索。

「還不都是為了你。你知道我的人為了在樹海附近抓他，費了多大的功夫嗎？」黑袍法師搖搖頭，「真不愧是奧利維的血脈，他竟然察覺到了你留在薩蘭迪爾身上的法術，還差一點就被他破壞了。」

伯西恩的手指伸了伸，「法術已經被破壞了。」

「是啊，就在我抓走這傢伙之後，多巧啊。我想現在就算我把他送回去，他也一定會被精靈們當成叛徒。」黑袍法師說到這裡，又問吟遊詩人，「不過你這個傢伙為什麼不直接告訴薩蘭迪爾？」

尼爾面不改色道：「沒有為什麼，我本來就沒有這個義務。」他緊盯著伯西恩，「我只是沒想到會是你，他一直很信任你。」

伯西恩沒有說話，他身邊的黑袍法師則哈哈大笑起來。

「信任？信任一個可以面不改色地吃人血肉，一個幾乎殺光自己所有血親，一個會毫不猶豫出賣學生的傢伙？這真是最好笑的笑話。」

「利維坦。」伯西恩發出警告。

在狂笑中，黑袍法師身上的兜帽終於掉了下來，露出他與眾不同的尖角——竟然是那個早就在風起城被瑟爾打敗的惡魔混血。只不過現在，他的臉上多了數道白色的裂紋，顯得有些可怕。

利維坦摸著自己的傷痕，漸漸停止了笑聲。

「真想見到薩蘭迪爾得知真相後震驚的模樣，不過現在還不是時候，精靈王雖然已經死了，但是冠冕還沒有拿到手，他還有下一任繼承人。喂，伯西恩，不如你去樹海吧。」他用著好像隨口提起一件小事的口吻，眼中卻充滿著惡意，「去殺了精靈王儲，還有那個混血女孩。」

同一時間，巡邏的精靈們在大裂谷旁發現了昏迷的阿奇。

「這裡有人暈倒了！」

這個傷痕累累的人類出現得太奇怪了，精靈們沒有立刻殺死他，但也戒備地圍著他。

就在此時，他們聽見這少年昏昏沉沉的低語。

「小心，伯西恩……小心。」

光與暗之詩

DEAR MY THRANDUIL

CHAPTER THIRTY SEVEN

真相

沒有人能猜透伯西恩．奧利維的想法，有時候就連他自己也不能。

比如此刻，利維坦半威脅地要他去精靈樹海行刺，這明明是一個有去無回的惡毒計畫，卻讓伯西恩心中湧上幾分雀躍和期待。至於為什麼期待，連他自己也不明白。

理智上他應該拒絕，等阿奇將消息傳給精靈們再做別的判斷；而情感上……

情感？伯西恩為這個詞愣了一會兒。他有多久沒對自己用過這個詞了？

利維坦見他久久不回話，以為他正陷入左右為難。畢竟，伯西恩好不容易才在薩蘭迪爾那裡刷到不錯的好感，這次去樹海可將前功盡棄。

但這正是利維坦的目的！他要這個法師再無退路，做不成兩面三刀的買賣。他要把伯西恩牢牢綁在他們的戰船上，與「救世主」薩蘭迪爾徹底決裂。

大裂谷地下此時傳來轟隆隆的聲音，那些被精靈王的光輝鎮壓片刻的惡魔們又在不耐地怒吼，光聽聲音就可以感覺到，可怕的怪物正從地底深淵一點一點攀爬而來。

利維坦極度興奮。

「看見了嗎？這才是我們的未來，人類、光明、生命，全抵不過這偉大的力量。你要做出明智的決定，伯西恩。」他妖異的混血眼睛閃閃發光，像個邪教徒，「深淵之主將統治一切！」

利維坦顯然是個狂熱的惡魔信仰者，應該說，任何狂信徒都是這副模樣。伯西恩見過不少都伊的信徒，他們瘋癲起來的時候和這個混血惡魔沒什麼兩樣。

光明神和深淵之主，似乎只是一個硬幣的兩面。神明這個詞就像一味毒藥，將所有信仰祂的人都麻痺沉溺。

唯一不同的只有薩蘭迪爾。他對以利不怎麼客氣，對任何神明都只有客氣，沒有敬仰。他骨子裡有一種無法無天的平等觀——神明，你和我有什麼不一樣？

第一次察覺到薩蘭迪爾的這種想法時，伯西恩詫異之餘感到興致盎然。他開始像研究一個史無前例的珍品一樣研究薩蘭迪爾，觀察他的行為，了解他的過去，體會他的痛苦。

然而就是在這個過程中，實驗開始失控了。伯西恩對瑟爾的認知，從一開始奧利維記憶中的那個模糊印象，一點一點充實、變得有血有肉，又慢慢與他自身的血肉相連。等察覺到危險的時候，已經無法分割。

可是無法分割的不僅是伯西恩對瑟爾的感情，還有伯西恩現在涉及的，龐然而詭怪的密謀。在這個祕密同謀裡，每個參與者都有自己的目的。有的人是為了更強的力量、更多的財富，有的人純粹是為了瘋狂的信仰（比如利維坦，並且不止他一個）。趨同的利益讓他們走到一起，一步步布下這個驚天布局。

最初，伯西恩的利益與他們一致，不介意幫一點小忙。而現在，他們的利益已經出現了分歧，但是他涉入太深，想要脫身已經很困難。

利維坦還在等他的回答。

伯西恩思考了一會兒。下一刻，他明知道自己在做一個危險的決定，卻仍開口：

「好。」

†††

「醒醒。」

天色還是灰濛濛一片，靠在樹枝上小憩的菲西被人推醒。

他下意識地想要去摸長弓，卻只摸到冰冷潮濕的地面，菲西一顫，醒了。

「敵人！」他想要站起身，卻被按住肩膀。

「敵人已經暫時撤退了。如果你累了，就退回樹海裡面好好休息吧。」瑟爾對年輕的精靈輕聲說。

他接過菲西的長弓，準備代替這個小傢伙去完成巡邏的任務。

瑟爾在梵恩城買的那柄短弓早在路上損壞了，還記得當時賣他短弓的矮人特意提醒他要保養呢。如果還有機會再見到那個老矮人，瑟爾恐怕會被大聲教訓一頓。

回過神來時，瑟爾注意到年輕的精靈並沒有離開，定定地注視著自己。他的眼神中有著在樹海長大的精靈們特有的純稚無瑕，此時卻藏著一絲小小的愧疚。

「不，我不用休息。請把弓還給我吧，我可以繼續巡邏。」菲西避開瑟爾的眼神，

「……抱歉，您剛回來的時候，我對您態度不怎麼友好。」

樹海發生劇變後，瑟爾所有的行動，這些年輕的精靈們都看在眼裡。

他們出生時，瑟爾早就已經離開樹海，他們成長時，族裡的長輩都不願意提起瑟爾。久而久之，年輕的一代精靈對薩蘭迪爾難免產生了一些誤會，就像最初的艾斯特斯一樣，對待薩蘭迪爾，心中既有對強者的崇敬，又有被拋棄和背叛的不忿。

然而自從戰爭開始，瑟爾連續幾天不眠不休地保護著整個樹海，他帶來的那些同伴和混血們也一同幫助精靈們守護家園。這些年輕精靈開始意識到，偏見已經深深阻礙了他們正確地認識這個世界。

「我還要對那些混血們道歉，就像誤會您一樣，我以為他們……」

「噓。」瑟爾止住了他接下來說的話。

「謝謝你，菲西。不過你已經體力透支了，如果不想回樹海休息，就去幫我們的混血同胞們重新製作陷阱，如何？」

菲西連忙點了點頭，瑟爾道：「巡邏就交給我。」

在他離開之前，菲西忍不住問他：「殿下！我們……我們真的能守下樹海嗎？」

不知道是第多少次有人問他這個問題了。在記憶裡，瑟爾也曾一次又一次地回答同伴們。

『瑟爾，我們真的能戰勝惡魔嗎？』

『這一場戰役，我們能贏到最後嗎？』

『瑟爾，士兵們有的快堅持不下去了，你說些什麼吧。』

瑟爾知道，問他這些問題的人不是真的需要一個答案，而是需要汲取一份力量，所以每一次他的回答都不曾改變。

「有我在。」

他拍了拍年輕後輩的肩膀，揹上長弓離開。

沒有迷惘，沒有猶疑，薩蘭迪爾留給同伴們的永遠是勇往直前的背影。

正在指揮德魯伊們重新布置陷阱的布利安，注意到瑟爾回來了。

「怎麼樣，慰問三軍的成果如何？不過我估計有你出馬，我們暫時也不需要擔心士氣的問題。」

瑟爾和他並肩，「士氣並不能帶來勝利。」

他看著眼前蔓延的艾西河，暗潮洶湧的河水雖然一時阻礙了敵人，但這不是一道不會被攻破的屏障。他們的敵人中有矮人製造大師也有人類法師，要想到辦法安全渡河只是時間的問題。而留在樹海、可以出戰的精靈不到三千，混血們和德魯伊加起來也不過一千，薔薇騎士團人數更少。這樣的兵力，從資料上來看完全不是對方數萬人馬的對手。

「但你可以帶來勝利。」布利安看向瑟爾，「正是因為有你在，現在才沒有人在意兵力懸殊的問題。畢竟『一個薩蘭迪爾可以抵擋一千個惡魔』，人人都這麼相信。」

瑟爾皺了皺眉，過分誇張的描述讓他手臂上泛起雞皮疙瘩。

布利安哈哈大笑道：「這可是《遊記》對你的光榮記載，特蕾休每天晚上都要我讀一遍呢。」

「吟遊詩人們總是浮誇……」瑟爾頓了一下。

提起吟遊詩人，他就想起來去向不明的尼爾。布利安明白他在想什麼，「別擔心，蒙特已經準備出發了。等他查明消息回來，尼爾究竟是出事還是背叛了我們，也會真相大白。」

剛從前線上下來的艾斯特斯走過來，聞言道：「現在外面被這麼多敵人包圍著，那個半精靈根本出不去，就算能出去，他又要怎麼帶消息和他的同伴回來？」

「你放心。我們這邊有資深法師提供的瞬移卷軸，完全可以……」

艾斯特斯打斷他：「這裡是自然女神的領域，瞬移法術是被禁用的，不然外面的人類法師早就闖進來了。」

瑟爾和布利安齊齊愣了一下。

艾斯特斯看見他們面露錯愕，不由得吃驚道：「你們連這個都沒注意到？」

「不……」

該說是智者千慮必有一失還是一葉障目，瑟爾和布利安此時才注意到這個問題。在神的領域內，法術是受到限制的。伯西恩的瞬移法術雖然在沃特蘭的陣法內成功過一次，但那時情況特殊，而且沃特蘭的神格和作為三大主神的自然女神根本無法比擬。不過不可否認的是，伯西恩·奧利維的法術擁有能與神力抗衡的力量。

瑟爾此時又想起了精靈王化為星辰時，自己所感受到的——精靈王的神力替他祛除了身上的追蹤法術，而在那之前，自然女神神域的力量卻未能使法術失效。

瑟爾恍然明悟了什麼。因為伯西恩總是能出人意料，瑟爾已經習慣了相信他的力量，但是出人意料的伯西恩，會每一次都站在他這一邊嗎？

「蒙特呢？」瑟爾高喊，「阻止他使用卷軸！」

然而遲了一步，整裝待發的蒙特已經拉開了「瞬移卷軸」。

蒙特拉開卷軸的那一瞬間，幾十道黑影從扭曲的空間裂隙中閃現出來。

一時之間，樹葉簌簌作響，樹蔭下、灌木旁，甚至艾西河岸的溪石旁，穿著黑袍的法師們靜靜站立在兩個空間的細縫中，陰冷的眼神穿透帽檐，朝精靈和混血們冷冷望來。

他們的臉龐蒼白而毫無血色，乾枯似骷髏的手指緩緩抬起，舉起法杖對準所有毫無防備的人們。即便沒有聽到他們念出咒語的聲音，也能感受到恐怖的法術力量在法杖之尖聚集。

瑟爾一把拉過蒙特，自己站到所有人的最前面。於是那些法杖都指著他，那些陰森而不懷好意的目光都望向他。明明聽不見聲音，卻彷彿感受到黑袍法師們的竊竊冷笑。他們用最歹毒的目光望向瑟爾，指尖醞釀著足以致人死亡的法術。

風聲赫赫，陰影閃爍，瑟爾彷彿在這些惡意之間，看到了一道熟悉的身影。

「瑟爾！」

「閣下！」

在周圍擔心的叫喊聲中，瑟爾咬牙切齒地怒喝出一個名字：「伯西恩！」

那雙黑色的眼睛只是一閃而逝，瑟爾甚至來不及看透裡面的情緒，下一刻黑袍法師們的身影又齊齊消失了。就像他們憑空出現時一樣，樹蔭下、灌木旁、艾西河岸的溪石上都沒有了那些陰森的黑色身影。

扭曲的時空細縫掙扎著跳躍了兩下，也隨之消失，橡樹林裡又恢復了平靜。

最後時刻，對方的群體瞬移法術失敗了，然而艾斯特斯已經嚇出一身冷汗。

「你不要命了嗎？」他上前抓住瑟爾的手臂，「那麼多黑袍法師！就算是你也不可能抵擋得住！」

這一切只在片刻發生，蒙特看著手中已經失效的卷軸，突然用力把它扔在地上。

「是陷阱！」半精靈咬牙切齒說，「伯西恩．奧利維他……」

「他背叛了我們。」布利安撿起卷軸，接過他的話，「又或許，從一開始他就不是我們這一邊的。他接近瑟爾，是另有目的。」

所有人看向瑟爾，精靈們、德魯伊們、混血們都擔心他此時的情緒。畢竟連蒙特都看得出來，瑟爾對那個黑袍法師是不一樣的，而這份與眾不同，不僅是因為伯西恩是預言師奧利維的後裔。

誰知道，他們卻看到瑟爾笑了。站在黑袍法師們出現又消失的地方，瑟爾有點嚇人，蒙特甚至擔心他是被刺激過頭了。

瑟爾卻輕輕甩開艾斯特斯拉住自己的手，輕聲說：「這是好事，艾爾。」

「好事？」艾斯特斯看著他，好像在說你瘋了嗎？

瑟爾只能向他解釋：「這是一個陷阱，對方本來打算利用『瞬移卷軸』將大部隊送進來，一舉搗毀我們的陣地核心，但是顯而易見，他們失敗了。」

「失敗只是意外！」

「對他們來說是意外，對我們而言則是幸運。這次意外裡，我們不僅毫無損失，還拔掉了對方安插在我們內部的暗棋。而對方不僅失去了一次重要的機會，還將底牌暴露出來了。」瑟爾嘲諷道：「我想，那邊大概正氣急敗壞吧。」

他猜測得沒有錯。

「怎麼回事！」

好不容易準備大幹一場，黑袍法師們卻發現他們又各自回到了原地——大裂谷旁邊的營地裡，利維坦正就此質問著伯西恩。

伯西恩冷淡地回答他：「難道我剛才提供的不是一次最佳機會？」

「但是你讓我們像愚蠢的笨蛋一樣，只是去光顧了一下又回來了！你的群體瞬移法術呢，為什麼會失敗？」在利維坦身後，不只是他，十幾個穿著黑袍的法師都冷望著伯西恩。

「你是故意的？」利維坦說。

「瞬移卷軸在他們手裡，那邊什麼時候會使用它，我無法預料。我只能根據卷軸使用的情況，趁機將瞬移座標移動到他們身邊。」伯西恩毒舌道，「我以為我一開始就跟你解釋清楚了。還是說，你那顆混著惡魔血統的大腦根本理解不了？」

「那瞬移法術為什麼會無緣無故失敗？」

「那裡是自然女神的領域，一位精靈王剛成神，還有一個以利的聖騎士，這三重領域疊加下，想要施展和神力相衝突的法術，」伯西恩譏諷的視線看向他身後的法師們，「在場的其他法師們，恐怕連瞬移定位都做不到吧。」

利維坦還要爭論，黑袍者中的一人卻站出來阻止。這個人不像其他法師一樣拉下了兜帽，從始至終都用黑袍遮著臉，身形也不像一般法師一樣瘦小傴僂。

這個怪異的黑袍者說：「夠了。既然這次突襲失敗了，比起內鬨，你們該考慮的是怎麼準備下一次襲擊。伯西恩法師，」掩藏在兜帽下，黑袍者那雙並不屬於法術的尖銳眼神投射過來，「希望你不會讓看好你的各位大人們失望。」

伯西恩沒有出聲。

利維坦知道，這時候再抓住這一次失敗不放，丟臉的會是他自己。不過他眼睛轉了轉，想到了更好的辦法。惡魔混血突然不再惱怒，而是微笑起來。

「你說的對，我們沒有抓住這一次機會，還讓對方起了戒備之心，這完全是我們的錯。不過，你之前答應我的事情，可還沒有完成，伯西恩。」利維坦不懷好意道，「你答應過我要去刺殺精靈王儲和混血女孩，除掉這些冠冕的繼承者，這你不打算反悔吧？」

在瞬移失敗、伯西恩的身分完全暴露之後讓他去做這件事，簡直就是去送死。出乎意料的是，面對利維坦的故意刁難，伯西恩竟然沒有拒絕，他的回答還是和之前那次一樣。

「好。」法師平靜地回答，就像在答應去赴一場普通不過的晚宴，而不是奔赴有去無回的殺戮盛宴。

利維坦狐疑地看著他，惡魔的天性讓他忍不住懷疑伯西恩，又無法察覺到陷阱。

「我要你當著薩蘭迪爾的面刺殺他們！」

「我沒聾。」伯西恩挑眉看向他，每次都把阿奇氣得快吐血的毒舌教師再一次發揮他的本領，「聽得見，謝謝。」

利維坦的臉色陰沉下來，還想追上去，卻被身後人拉住了——是那個看起來不像法師的黑袍人。

「他沒有退路了。」黑袍人靜靜開口。

於是，他們一起注視著伯西恩消失在視線中，過了好一會兒利維坦才反應過來。

「誰准他把我抓來的俘虜帶走了！」

吟遊詩人尼爾不見了，剛才在混亂中，伯西恩趁機把人帶走了，竟然沒有一人注意到。不過這個時候，再去找伯西恩算帳也來不及了。

尼爾手上的繩子被解開了，他看著眼前的人：「為什麼救我？」

「在洛克城的時候，你沒有把我們的關係告訴薩蘭迪爾。」伯西恩對他解釋自己的行為，「算是還你一次。」

尼爾冷笑道：「即便我告訴他，也不會有什麼改變吧？他更信任你。」

伯西恩沉默了一會兒，道，「如果你那時候說出了我們的關係，他不僅會懷疑你出現在他身邊不是巧合，也會懷疑我一直以來跟著他的目的。」

「實際上，我遇到他的確是巧合。」尼爾說，「但你幫助他是另有目的吧。你該感謝我的是，我沒有把奧利維家族令人噁心的預言能力繼承方法告訴他。不然，他早就懷疑你了。」

伯西恩沒有回答這個問題，他把尼爾丟在這個臨時休息的破屋，向外走去。

「別想逃跑，你走出一步，就會被外面的怪物和法師分屍。」

尼爾跟在後面質問：「你們究竟想做什麼，伯西恩．奧利維！你們和惡魔混血攏手弄出這麼大的動靜，你們法師難道非要把這個世界顛倒一番才滿意嗎？」

「不是法師。」伯西恩停下腳步，糾正他的一句話，「惡魔混血們的合作者中有法師，不意味著他們只和法師合作，也不意味著所有的法師都是他們的同伴。」

尼爾愣了一下。他這是什麼意思，是在提醒自己這個祕密同謀的真實構成嗎？

伯西恩突然轉身，那雙黑色的眼睛沉甸甸地望來。

他幾乎是在自嘲，「人人都以為黑袍協會是法師的神祕組織，可你們知道最令人畏懼的黑袍者不是法師，而是一群為了信仰而發狂的瘋子嗎？」

空曠的教堂裡，有人正虔誠地俯身叩拜。他的額頭貼在冰冷的地面上，他的唇虔誠地念出信仰的神名。

「——都伊在上。」

都伊在上。

作為僅次於造物主以利之下，力量又在其他眾神之上，勢力最廣、信眾最多的神明，光明神都伊卻極少出現在世人眼前。

兩百年以前，神與人的關係其實並不疏遠。在吟遊詩人們的傳唱中，經常能聽見諸如——好心年輕人在路邊救了一個年老的乞丐，誰知乞丐是神明考驗人心的化身，從此年輕人走向人生巔峰，成為聖騎士迎娶聖女（或聖子）的勵志故事。

在那個時期，各類神明經常降臨人世，善神與惡神的忠誠信徒們都有機會親眼目睹神靈的面容。就算是向來深隱的以利，也曾經來到世間、調戲過幾回凡人，不然哪裡來的薩蘭迪爾聖騎士呢？（可惜瑟爾並沒有迎娶聖子，走向人生巔峰）

然而，即便是在諸神如此便宜行事的時期，都伊也極少出現在世人眼前。退魔戰爭之後，神靈逐漸消失在世人眼中，都伊的蹤跡就更難尋覓了。

都伊的神職是光明，受生物趨光且崇拜強者的天性影響，都伊的信眾遍布整個大陸，從權貴到乞兒，從人類到矮人再到混血。即便是不以都伊為主神的人們，也多少敬仰著這位強大的神明。都伊和其他神明的關係也不錯，瑟爾就曾經在都伊的神殿裡借住了一百五十年。

對於這一位天生就和「善良」、「強大」、「正義」等詞聯繫起來的神明，恐怕沒有人會把祂和黑袍協會聯想在一起。

除了伯西恩。

在加入黑袍協會之後，他就暗中察覺到了一些線索。勢力遍布整個大陸，不故意作惡，但也不特意行善，組織龐大卻十分有紀律性，黑袍協會的這些特性是不是和某個神殿十分相似呢？當然，僅僅這些並不能揣測一個偉大的神明，後來是伯西恩偶然收集到一些情報，證明了自己的猜想——黑袍協會的背後資助者是光明神殿。

不過，那時伯西恩對這個真相不以為然，他以為這不過是神明的一個小把戲。就像「都伊在上」這句話不僅僅是虔誠信徒的禱告詞，更意味光明神永遠高居神座，遙望著這個世界。監督者都伊想要換一種方式監視這個世界，誰有資格去置喙呢？

然而事情走到今天這一步——放任惡魔混血拓寬大裂谷，任由魔癮蔓延大陸，這可不像是一個善神會做的事。

「你是什麼意思？」尼爾反問，「黑袍協會是法師之間的神祕組織，這是世人公認的。」聰明的吟遊詩人意識到了什麼，臉色一變，「你說的狂信者指的是誰？他們和黑袍協會，和魔癮肆虐有什麼關係？」

伯西恩沒有回答他。他沒有確鑿的證據，只是透過一些推斷和揣測，就將這個世界最強大的神明列為想要毀滅世界的反派。即便是最狂傲不羈的瑟爾，恐怕都會認為他在發瘋。所以這個祕密會一直沉在他心底，直到他踏過荊棘，親手找到證據。

伯西恩的腦中閃過瑟爾的面孔，之前在樹海的短暫重逢，精靈似乎氣得不輕。他勾起一邊唇角，像是一個得到了心愛玩具的孩子。然而這個笑容一閃即逝，他又恢復了冷冰冰的表情。

這一次不顧尼爾的抗議，伯西恩拒絕透露更多，並將吟遊詩人鎖在屋裡。

如果他是在尋找真相的路上自取滅亡，就沒必要讓其他人重蹈覆轍。這倒不是因為關心他們的生死，純粹是伯西恩覺得連他都辦不到的事情，交給別人去做根本毫無意義，浪費成本、效率又低。這些傻到天真的傢伙，還是留給瑟爾去使用吧。

「伯西恩法師。」

有人在門口等他，是那個阻止利維坦繼續刁難伯西恩的黑袍人。伯西恩很少見到這個傢伙，不過他知道，這個黑袍是一個更隱祕的出資人的代理。

他很少出現，但每次出現都是最重要的時機，比如說現在。

「若要去暗殺精靈王儲，請務必小心薩蘭迪爾。他力量強大，還有以利相助，是我們難以對付的對手。」黑袍人遞給伯西恩一個銀色吊墜，「為了幫助你順利完成任務，請收下這個。」

伯西恩看著那繡著精美紋路的吊墜，「這是什麼？」

「是祝福，它能祝福你順利完成任務。」

「一個預言系的神器？」伯西恩說，「你就這樣把它給我了？」

「再強大的神器如果不被合理使用，也不過是一堆廢鐵。請收下。」黑袍者再重複了一遍，看來他並不想給伯西恩拒絕的餘地。

吊墜的觸感冰冷而生硬，伯西恩把玩著它，目光卻像在看一隻劇毒的毒蛇。

「除了祝福能力之外，當薩蘭迪爾召喚以利的時候也請你使用它，它能幫助你躲過神術的傷害。」

能夠規避以利神術的傷害，伯西恩差不多知道這是什麼樣的神器了。

他將銀色吊墜隨意收起，望著眼前這個始終用一層黑紗遮住真實面容的人，喉嚨裡擠出一聲輕笑，突然說起了不相干的事。

「聽說高地人有一個習俗，犯下罪過的人臉上會被刺下刺青，以提醒周圍的人遠離他。而罪人為了避免受到歧視和厭惡，出門時會一直以黑紗遮面，希望能掩蓋自己的罪惡。」伯西恩眼中閃過一絲戲謔，「不過這些人並不知道，掩人耳目的黑紗反而比刺青更容易暴露他們的身分。」

如果瑟爾在此，肯定會說這典故太冗長，在我家鄉用一個詞形容就夠了——掩耳盜鈴。然而，即便是伯西恩和黑袍人都不知道那個簡單精闢的詞，此時法師想要表達的含義對方也明白了。

「……」空氣似乎停滯了片刻，許久，黑袍人低啞著開口：

「恐怕那些高地人並不明白，他們是因何而犯下罪過。」他望著伯西恩，「如果他們明白，就不會畏懼世人的眼光。」

「犯下罪惡還有高尚的理由嗎？」伯西恩反問。

對方不再回答，而是匆匆拉了一下自己的帽檐，準備結束這毫無意義的對話。

對話的雙方都各持己見，不願被對方改變，那麼對話就沒必要再進行下去了。

「希望你行事一切順利，伯西恩法師。」

對方離開了，只留下伯西恩一人。他身前是深不見底的大裂谷，身後是還在不斷拍門的尼爾，右手邊的營地裡還有等著挑他刺的利維坦。伯西恩想了一會兒，向左走。

†††

阿奇醒來時，感覺自己身上所有的傷口都在隱隱發熱，熱氣聚集在他的大腦，讓他整個人有些渾渾噩噩。

「別動。」身旁有人輕柔地扶住他：「你在發燒，躺下來休息一下。」

阿奇勉力讓自己睜開眼睛，首先看到一對尖尖的耳朵，再然後是一雙美麗的翠綠色眼睛。精靈……對了，自己這是已經到了大裂谷的另一邊嗎？

他下意識就想要爬起來，卻被對方按回去。

「請你好好休息。」精靈輕聲說。那聲音如同翠鳥低鳴，清泉敲擊溪水。

阿奇這才發現即便在這個特殊時期，對方身上也是乾淨整齊，說話不急不緩，一種高貴氣質彷彿與生俱來。

這和他見過的任何精靈們都不一樣。薩蘭迪爾自然不用說，人們第一眼注意到的首先是他以利聖騎士的身分，然後才是他的精靈血統。而且瑟爾常年在外，自己野蠻生長，早就洗脫了精靈們特殊的優雅——好吧，他天生就沒有。

至於艾斯特斯？精靈王儲四處風風火火地尋找著薩蘭迪爾，根本沒時間停下來優雅，而且或許是成長環境和性格所致，他雷厲風行的戰士氣質更加明顯。

反正傳聞軼事中記載的美麗溫和、優雅又強大的精靈，阿奇是沒見過。

現在他見到一個了——不，是一群。

在照顧阿奇的精靈身後，一隊精靈正在小憩。他們揹著箭筒，手裡挽著長弓，美麗的長髮用樹葉編織起來，三三兩兩聚集在一處低聲交談，注意到阿奇的視線，就抬頭對他露出一個溫柔的笑容。

遠處有其他巡邏的小隊在警戒和放哨，身影綽綽，路過時只留下一道樹葉的清香。相比起瑟爾在樹海帶領的那一群娃娃兵，這些才是精靈中最中堅的戰士，明明身處汙穢之間，他們卻比任何時候都高潔。

「……我是在做夢嗎？」阿奇摀著自己的胸膛。

「大概不是。」照顧他的精靈笑了笑，「我們在大裂谷邊緣撿到了你。」

說起大裂谷，阿奇這才想起正事，「我是——」

「我們知道你是誰。」這群精靈戰士們停止了交談，齊齊向阿奇看來，其中一個說，「你是瑟爾的朋友，我們見過你。」

「在哪裡？」阿奇愣怔。

「在陛下偷窺瑟爾的樹鏡裡。」

法師學徒花了好一陣子才理解這句話裡的各種含義。他乾咳了一聲，決定不去深究「偷窺」的含義。現在這群精靈相信了他，正好也方便他辦事。

誰知在他開口之前，精靈們又打斷了他。

「我們也知道你逃出敵人手中，是為了送信給我們。瑟爾的朋友背叛了他，又囚禁了你，我們已經派出一支小隊去解決這個叛徒了。」

「……呃，你說的叛徒指的是誰？」阿奇沙啞地問。

「『小心伯西恩。』這是你昏迷前說的話，結合我們搜集到的情報，叛徒當然是伯西恩・奧利維。」

阿奇痛苦地扶住腦袋：「難道你們就沒想過，那句話的斷句是另一個意思嗎？」

精靈們面面相窺。

「小心！伯西恩。」阿奇說，「我是在擔心伯西恩老師啊！」

精靈們：「……」現在撤回刺殺隊伍還來得及嗎？

光與暗之詩

DEAR MY THRANDUIL

CHAPTER THIRTY EIGHT

超凡者

狂風、冷箭，暗藏激流，這一切都成了試圖渡河的人群的阻礙，圍攻精靈們的聯軍被困在此地。

在不能使用法術也不能強攻的情況下，這一道百米寬的艾西河彷彿成了天塹，成為阻隔在他們和樹海之間最堅實的屏障。

雖然聯軍中有擅長鑄造的矮人，然而就地取材製造渡河工具也需要花費時間。誰知道在耗費這些功夫的時間裡，精靈們還會製造出多少陷阱？而且聯軍本來就是七拼八湊起來的軍隊，即便不能說是烏合之眾，其中各個勢力的明爭暗鬥也不少。

因為渡河失敗的事，各勢力之間互相推卸責任和指責已經不是一兩次了。幾日下來，士兵們的心思都變得明顯浮躁。注意到這個情況，作為聯軍總指揮的博爾頓將軍頭疼不已。

他是博爾頓矮人王國百年以來最有成就的一名鐵匠大師，同時，也是一名十分優秀的戰士。在職業者協會，他的戰士等級已經到了最高，再往上一層便要超凡入聖。

之前瑟爾在風起城掩飾身分使用的三級遊俠徽章，算是中階職業者的實力證明。雖然沒有明文規定，但是職業者們為了更方便劃分實力，也有默認的規矩，一二階的職業徽章代表此人還是初學者，三四五階算是小有成就，而步入六階的人一般都對自己的力量有十分深入的掌握。這樣的職業者，無論走到哪裡都是受歡迎的人才。

職業者協會發放的徽章最多能刻上九道紋章，且九階以上的強者實力已經無法簡單地用等級來劃分——所以人們一般稱呼九階之上的職業者為「超凡者」。

博爾頓就是一個「超凡者」，所以他才能在這支能力不齊的隊伍中以實力說話，占了總指揮的位置。這本來是為了幫矮人王國爭取更多的主導權，博爾頓現在卻開始有點後悔了。他甚至開始想，帶著這一群傢伙來攻打精靈，是否本身就是一個錯誤的決定？昨天，來自洛克城的代表還向他抗議。

『精靈偷走了我們重要的財富，還讓城主留下了奇恥大辱，就是為了洗刷這份恥辱，我們才一直為聯軍提供物資支援。可您呢？吃著我們的糧餉卻遲遲不進攻，這是要等多久！什麼？局面不利……沒有什麼不利的局面，只有不擅長戰爭的指揮官。我會給您幾天時間好好考慮，如果您還是如此懈怠，我想我們就要換一個指揮官了。』

而口氣囂張的貴族，還不止洛克城的代表一個。這些傢伙的腦子裡只裝著攻下精靈樹海之後的好處，根本就不懂戰爭！他們知道聯軍在和誰作戰嗎？不僅僅是精靈，還有薩蘭迪爾！那可是近百年來已知的最強大的「超凡者」！

進攻，進攻！博爾頓氣惱地想，目前這個局面下，盲目進攻就是送死！

「博爾頓將軍……」

又有人走進營帳，博爾頓摸著小鬍子對天翻了一個白眼。他就不該聽信國王的勸說，接下這個該死的工作！

†††

蒙特收回「望遠鏡」。

「對岸的情況看來不怎麼樣。」半精靈說，「連續幾次渡河失敗，他們軍心有些浮躁了，今天竟然連巡邏的人都沒安排。你知道我想說什麼嗎？」

他看向身後的獸人德魯伊。

「想都別想。」布利安說，「我們的人數不到對方的十分之一，就算對方防備懈怠了，也不是我們攻擊的時機。」

蒙特不滿他的保守：「如果菲耶娥他們在這裡，我片刻內就可以消耗對方十倍的有生力量再全身而退。」

「你的半精靈刺客們都不在這裡，而這裡的精靈可不適應你的閃擊戰。」布利安說，「如果你現在能聯繫到你的伙伴們，我倒是不介意你帶著他們來幾招。」

這就是樹海現在面臨的困境，敵人過不來，他們也出不去。在不能使用瞬移卷軸之後，精靈們根本無法聯繫到外面，也難以得知外界的情況。

「瑟爾呢，他最近在幹什麼？」

「可能還在傷心吧。」布利安說。

「傷心？至於嗎？不就是一個叛徒！」蒙特不理解，「再遇到直接殺了就好。」

布利安看了他好一會兒，拍拍蒙特的肩膀：「我真希望瑟爾也能像你這樣，不過很顯然，我們的聖騎士有點多愁善感。」

蒙特一臉見鬼的表情。

此時，被布利安稱作多愁善感的瑟爾，正在聽艾斯特斯統計目前樹海的可用兵力。

「留在樹海的精靈們都是弓箭手，雖然能使用一些天賦魔法，但是並不多，而且他們都缺乏實戰經驗。」艾斯特斯說，「不過在叢林裡戰鬥對我們而言是有利的。」

精靈的弓箭手和其他種族都不一樣，因為受自然青睞，他們遠比一般弓箭手射得更遠、更精准，箭矢上附帶的天賦魔法也會造成敵軍更大的傷害。但是在一場戰鬥中，兵種太匱乏對己方而言絕對不是好事。

瑟爾擁有豐富的作戰經驗，他知道戰士在衝鋒時起的作用，也知道法師們的範圍攻擊能帶來極高的止損率，牧師作為後勤和支援也是必不可少的。然而他們只有弓箭手。雖然也有一些精靈也能使用彎刀，但數目實在太少了，根本無法組成隊伍。

「德魯伊可以施展自然系的治療術，可以充當後勤支援，但我們缺少『盾牌』。弓箭手們作為遠端攻擊，不可能衝在前面和敵人交戰，我們需要戰士擋在前方。」瑟爾指出他們目前最大的缺點，「即便在樹林裡，弓箭手可以使用遊擊戰術，但是對方有兩萬人，一旦他們結成陣型、進入林中一邊砍伐周圍植被一邊前進，弓箭手的遊擊戰術就不有利。」

簡單來說，還是精靈們的兵種太匱乏了。

艾斯特斯皺眉：「我們不是沒有戰士，只是……」他看了眼站在一旁的朵拉貢，把話嚥了下去。

只是最優秀的一批戰士都離開了樹海，還不知道去向。

朵拉貢說：「即便我現在把他們召回，他們也趕不及回來。」

瑟爾眸光微閃，看來離開樹海的精靈們是去了很遠的地方。

「至少你可以告訴我，他們在哪裡。」瑟爾看向王庭侍衛長，「我們可以想辦法聯繫他們。畢竟，您也不想讓離家的遊子們回到家鄉時，只能看到被侵略的故土和失去親人的故園吧。」

朵拉貢微微嘆了口氣：「如果他們能回來的話。」

瑟爾的瞳孔倏然收緊。他想起了外界肆虐的「魔癮」，又想到了大而無私、為世界獻身的精靈王，心裡隱隱有一股怒意。不是對精靈王和他的同胞們，更不是對這個世界被他們拯救的人，而是對他自己！

他退居聖城的一百五十五年，說好聽是功成身退，但實際上只是自我逃避。在他逃避的一百五十年裡，究竟錯失了多少次可以了解真相的機會，又痛失了多少他關心的人？

奧利維……瑟爾突然想起了預言師，心裡微微酸澀。

然而想起奧利維的瞬間，他同時又想起了伯西恩。對於伯西恩的背叛，瑟爾心情複雜，在刨除所有感情後，他只能思考那些迫切的實際問題。

伯西恩和圍攻樹海的聯軍是什麼關係？那天出現的黑袍法師都是什麼人？還有梵恩城的法師們是否都知道伯西恩做的事？

即便是在此刻，瑟爾也忍不住分神想到這些。他可不想他的敵人中，再多出一群法師來。

「殿下！」

巧合的是，就在瑟爾剛想起梵恩城的法師們，巡邏的精靈們就送來情報。

「殿下，東邊來了一群法師！」

「來了就殺了。」艾斯特斯的性子急，此時已經拔出了彎刀。

「不是敵人，他們是來求助的。」巡邏的斥候道，「其中一個人類法師說想要見薩蘭迪爾殿下一面。」

瑟爾問：「他叫什麼名字？」

「貝利！」

有那麼一瞬間，瑟爾誤以為是一百多年前故去的老友亡魂找上門了，直到他見到站在眾人面前的貝利法師。

「是你。」

他與這位法師只在梵恩城有過一面之緣，甚至沒說過話。瑟爾沒想到眼前這個看起來已經顯出老態的人，就是貝利大法師——他故友的後人，阿奇的祖父。

他比阿奇長得更像貝利，那個永眠在白薔薇城的刺客。

然而，瑟爾並沒有因此就放鬆戒備。

「你們學院的一位法師，不久前才帶人來襲擊了我們。」瑟爾看向這群略顯緊張的法師，「你們來此究竟有何用意，法師們？」

梵恩學院的遠征小隊們面面相覷，有些緊張。他們不明白瑟爾說的是誰，其中一個想要解釋：「我們只是想要向您請教解除魔……」

老貝利突然伸手，打斷了那個年輕法師的解釋。

瑟爾盯著他打量：「你身上有深淵的氣息。」

他還沒忘記，一開始在梵恩城見面的時候，這群人就是和惡魔混血混在一起。而要說惡魔混血在席捲大陸的「魔癮」事件中沒有插手，瑟爾不相信。這群法師又偏偏在精靈們被圍攻的時候出現，瑟爾也不認為會是巧合。

「既然您如此敏銳，」貝利大法師彎腰行禮，道，「想必也能聞出來，這屬於深淵的味道已經淡去了。實際上，我們花了很大的精力，才製作出一個可以傳送到樹海邊緣的法陣。到了樹海附近後，為了避開外面的聯軍、求見您一面，我們也經歷了重重困難。」

「你是想告訴我，你已經洗脫了深淵的影響，跨過萬水千山來找我，是想特別重述自己改過自新的過程，表達善意？」瑟爾挑眉道。

當他願意時，銀色的眼眸就像冰霜利劍，能活生生折斷人的脊梁。

這畢竟是一位「超凡者」，其他法師們感受到巨大的壓力。然而貝利直視著他，並不躲避。

「如果我們並非善意，此時就應該站在河的那一邊，而不是您面前。」

真會說話。瑟爾想看看這位故友後裔還想說些什麼。

「而我既然站在您面前，就已經表明了自己的立場。」貝利大法師的眼中有不可遮掩的疲憊，「我想尋求與您合作。」

「為了解決『魔癮』？」瑟爾問他。

「不。」大法師眼中閃過悲憤，聲音帶著顫抖，他下定決心，「還為了殺死伯西恩，為我的孫子報仇。」

就在貝利大法師說出這番復仇宣言時，遠在大裂谷的「刺殺伯西恩」精靈小隊已經找到了他們的目標。

想要殺伯西恩的人不少，憎恨他的人也源源不斷。

這一點，他本人早就知道。

†未完待續†

高寶書版集團
gobooks.com.tw

BL076

光與暗之詩 第三卷 黑袍者伯西恩

作　　者　YY的劣跡
插　　畫　Gene
責任編輯　陳凱筠
封面設計　林鈞儀
排　　版　彭立瑋
企　　劃　黃子晏

發 行 人　朱凱蕾
出　　版　三日月書版股份有限公司
　　　　　Printed in Taiwan
地　　址　臺北市內湖區洲子街88號3樓
網　　址　www.gobooks.com.tw
電　　話　(02) 27992788
電　　郵　readers@gobooks.com.tw（讀者服務部）
　　　　　pr@gobooks.com.tw（公關諮詢部）
傳　　真　出版部　(02) 27990909　行銷部 (02) 27993088
郵政劃撥　50404557
戶　　名　英屬維京群島商高寶國際有限公司臺灣分公司
發　　行　英屬維京群島商高寶國際有限公司臺灣分公司
　　　　　Global Group Holdings, Ltd.
初版日期　2023年4月

本著作物《神印》，作者：YY的劣跡，由北京晉江原創網絡科技有限公司授權出版。

國家圖書館出版品預行編目(CIP)資料

光與暗之詩. 第三卷, 黑袍者伯西恩 / YY的劣跡著.-- 初版. -- 臺北市：三日月書版股份有限公司出版：英屬維京群島商高寶國際有限公司臺灣分公司發行, 2023.04-
冊； 公分. --

ISBN 978-626-7152-62-1(第3冊：平裝)

857.7　　112002444